La sagesse des dents qui tombent

De la même autrice

Breaking News, recueil de nouvelles, autoédité chez Librinova, juillet 2021.

La complainte du Belzébuth, pièce de théâtre parue chez l'Harmattan, janvier 2021.

Bille de Clown et *Piège de Collection*, nouvelles apparues premièrement dans le recueil collectif *6000 signes, espaces comprises*, décembre 2019.

Sabrina Péru

La sagesse des dents qui tombent

« Tous droits de reproduction, d'adaptation et de traduction, intégrale ou partielle réservés pour tous pays. L'auteur ou l'éditeur est seul propriétaire des droits et responsable du contenu de ce livre. Le Code de la propriété intellectuelle interdit les copies ou reproductions destinées à une utilisation collective. Toute représentation ou reproduction intégrale ou partielle faite par quelque procédé que ce soit, sans le consentement de l'auteur ou de ses ayants droit ou ayants cause, est illicite et constitue une contrefaçon, aux termes des articles L.335-2 et suivants du Code de la propriété intellectuelle. »

© 2024 Sabrina Péru
Édition : BoD · Books on Demand, 31 avenue Saint-Rémy, 57600 Forbach, bod@bod.fr
Impression : Libri Plureos GmbH, Friedensallee 273, 22763 Hamburg (Allemagne)
ISBN : 978-2-3225-5458-4
Dépôt légal : Août 2025

©Couverture élaborée sur Canva - Easy Cover

À toutes nos âmes d'enfants que l'on pousse en grandissant à ne plus croire en grand-chose, et encore moins... à la petite souris.

« – Plus on est fou, plus on vieillit ?
– Excellente question. Question de toute une vie. Repasse-moi un peu de courgettes, s'il te plaît. »

Conversation avec moi-même.

Avant-propos

À l'origine, ce recueil devait s'intituler *Folies Douces*. Je trouvais le titre joliment ironique et absolument original. Il s'avéra que non, puisque j'ai découvert par la suite le podcast de Lauren Bastide (très chouette au demeurant) qui portait le même nom. Devant la révélation de ma pathétique banalité, j'ai laissé tomber le titre, en gardant toutefois ce désir de raconter nos manies humaines, avec une touche plus tendre, à l'image des bonbons qu'on savourait du temps des survêtements bleus à pression.

Comme pour ma pièce, le titre m'est apparu en rêve : *La sagesse des dents qui tombent*. Oui, une véritable Bernadette Soubirous, mais basée à Bergerac (et athée). Je tenais mon fil conducteur. Des messages vocaux plus loin, le recueil était divisé en quatre parties : quatre saisons, quatre temporalités, comme d'étranges versants de notre humanité.

Afin de garder l'équilibre sur ce fil rouge et élastique, j'ai laissé derrière moi certains artifices rieurs et jeux de mots littéraires pour aborder les thèmes qui font chavirer mon navire blindé que j'ai bâti durant des années, et dont j'apprends jour après jour, à accepter les fragilités ; car après la pluie, le beau temps, ou la gadoue, comme dirait Campbell, l'un des personnages de ce recueil.

C'est le fruit de cette cueillette d'historiettes que vous tenez entre vos mains.

Automne

« Tout l'automne à la fin, n'est plus qu'une tisane froide »
Francis Ponge

La sagesse des dents qui tombent

Chère petite souris, merci pour les deux euros que tu as glissés sous mon oreiller la nuit dernière. Gina, ma petite sœur, est allée dormir avec mon autre sœur dans sa chambre, car elle a toujours eu la phobie des souris et elle a eu peur de te croiser pendant la nuit. Mona, ma grande sœur, s'est bien moquée de Gina mais pas moi, parce que même si je trouve les souris très mignonnes (c'est vrai), je sais qu'on ne peut pas vraiment contrôler ses peurs.

Moi, par exemple, je deviens folle quand je vois un papillon, pourtant, plein de gens les trouvent beaux. Il y en a même qui les trouvent si beaux qu'ils les gardent sous une vitrine, pour faire une collection, comme mes Pokémon. J'avoue que je ne comprends pas trop cette idée, parce que les papillons, du coup, ils volent plus, ils sont morts, alors c'est bizarre de faire de la décoration avec des papillons morts, même si c'est pour pouvoir « admirer la beauté ». Maman dit que c'est pour les personnes qui n'ont plus la tête pour s'en souvenir, comme mon oncle Mickey. C'est pas son véritable nom à mon oncle Mickey, mais comme il habite à Chessy, à côté de Disneyland, on l'a toujours appelé comme ça avec mes sœurs. Maman m'a fait promettre de jamais lui répéter ce que je viens de te dire parce qu'apparemment même si sa tête ne marche plus bien, son cœur si, et ça pourrait le blesser...

Bien sûr que je ne lui dirai jamais ça à mon oncle Mickey, surtout que j'ai vraiment envie de retourner à Disneyland, parce que la dernière fois, j'étais trop petite pour faire l'attraction du *Space Mountain* et Mona n'a pas arrêté d'en rajouter tout le trajet retour, comme quoi si on va à Disneyland sans faire le *Space Mountain*, on a tout raté, tout ça pour une histoire de quelques centimètres... j'y peux rien moi, si je grandis pas assez vite !

En tout cas, j'espère que moi, j'aurai toujours ma tête pour me souvenir parce que franchement, si je dois mettre en boîte tout ce que j'ai envie de me rappeler, comme la journée à Disney, même sans le *Space Mountain*, il me faudra un méga géant garage ! Encore plus grand que celui de papi Scotch, et dans son garage, il peut mettre une voiture, une moto et même une brouette ! Papi, je l'appelle papi Scotch, parce que quand il sourit, il ne montre jamais ses dents, comme si on lui avait collé un bout de scotch sur toute la bouche. Papa aime bien raconter que la seule fois où on lui avait vu ses dents, à Papi Scotch, c'était en 1969, quand on a marché sur la Lune. Quand papa m'avait dit ça un soir, pendant un dîner, j'avais répondu « comme Tintin », parce que c'est ma BD préférée et Mona et papa avaient eu un tel fou rire que j'ai plus voulu parler de tout le repas. Et j'ai presque tenu ma parole, sauf que ce jour-là, maman avait ramené une assiette de crêpes préparées par le voisin, et j'ai pas pu résister, parce que, franchement, elles sont vraiment trop bonnes, et en plus, on a toujours droit à une double portion de pâte à tartiner, et ça, c'est trop cool même si c'est pas du vrai Nutella, à cause des orangs-outans (Mona dit que c'est une excuse bidon, parce qu'on a une voiture qui roule au diesel, mais j'avoue que je ne comprends pas toujours ce que raconte Mona).

N'empêche, papi Scotch a trop de la chance, parce que, comme il ne sourit quasiment pas, on sait jamais quand ses dents tombent, et moi, j'en ai quand même perdu deux en trois jours, et ça, ça fait vraiment tout drôle. Maintenant Mona m'appelle la pirate, elle fait la maligne parce qu'elle a déjà toutes ses « vraies » dents et qu'elle risque pas d'en perdre une en croquant dans un Carambar au nougat. En plus, c'est vraiment les pires Carambar du paquet et c'est toujours ceux-là qu'elle me laisse. Je les mange quand même, il ne faut pas gâcher, et puis, papa me dit toujours qu'il faut penser aux petits enfants qui ont faim. Franchement, je trouve qu'il exagère quand même, surtout que lui, il ne finit pas tout le temps ses assiettes, surtout quand c'est « soirée restes » où on doit créer des recettes juste avec ce qu'on trouve dans le frigo. En général, c'est le dimanche soir. Et c'est pas super bon.

Justement, c'est l'heure de manger, faut que je te laisse, petite souris. Dis, la prochaine fois, tu pourras te montrer, je suis sûre que tu es trop mimi ! Je te promets, je ferai pas comme oncle Mickey, je te mettrai jamais sous une vitrine pour « admirer ta beauté », j'ai déjà ma collection de Pokémon à gérer, et c'est pas du gâteau... surtout quand je veux acheter des cartes à Mona ! D'ailleurs, si tu avais un euro de plus... elle est vachement dure en « business », c'est pas moi qui le dis, c'est elle, je sais même pas trop ce que ça veut dire, ça la fait rire d'utiliser plein de mots que personne ne comprend, ça fait « adulte ». Tout ça parce qu'elle est déjà au collège et qu'elle a fait des mèches vertes, alors qu'elle a même pas son permis, et qu'elle fait toujours une drôle de tête quand elle goûte un peu de vin rouge dans le verre de maman. Ce qu'elle m'énerve, je te jure !

Hier, elle m'a appelée Barbe-Rouge devant tous mes camarades. Franchement, elle aurait pu trouver un autre nom de pirate, j'aurais préféré Jaksparo[1] (je ne sais pas bien l'écrire, mais je

---

[1] *« Jaksparo » dont la bonne orthographe est Jack Sparrow, est un pirate interprété au cinéma par Johnny Depp dans la célèbre saga Pirates des Caraïbes.*

le trouve très rigolo) ! Ça m'a tellement gavée que le soir, j'ai découpé du carton blanc pour essayer de me fabriquer des dents et j'ai essayé de les coller, avec du vrai scotch, pas comme mon papi, mais bon ça n'a pas tenu, et quand maman est venue me souhaiter la belle nuit, elle les a trouvées par terre. Quand elle les a vues, mes dents en carton, maman m'a dit qu'il ne fallait pas que j'aie honte, et qu'au contraire, je pouvais être fière de ma nouvelle sagesse.

La sagesse des dents qui tombent.

C'est joli, petite souris, non ? Je t'embrasse sur le museau. Ton amie, Lisa.

Bille de clown

Montreux. C'est aujourd'hui le grand jour. Le rideau va bientôt se lever. Devant son miroir, elle se maquille. D'abord, elle applique la crème, il faut toujours hydrater, et bien : la peau, c'est comme les hommes, il faut la laisser respirer. Puis, elle cherche son fard dans son fatras, le doute se lit sur sa frimousse : elle était persuadée de l'avoir rangé dans sa trousse. Mille fois, on lui a conseillé de mieux s'organiser : « Allégez votre esprit, faites du tri ! »
Mille fois, elle s'est rebiffée. Elle n'en fait qu'à sa tête, sa vie est un joyeux bordel : Miranda est une artiste.
Elle le déniche enfin, ce satané blush, le tampon est même à l'intérieur. Elle sourit, satisfaite d'elle-même. Qu'ils remballent leurs maniaqueries, tous ces dingos de l'ordre ! Et elle se farde, encore et toujours, en couches épaisses, pour recouvrir complètement son visage. Il ne faut pas qu'on la reconnaisse, c'est une véritable prouesse, c'est déjà artistique, ce changement esthétique. Puis viennent, après les volutes de poudre qui s'évadent dans les airs, les yeux. Elle a toujours aimé cette partie de son visage, ils ont vu et connu tant de lieux et de paysages. Elle se sert du khôl, du noir, du bleu, ça lui donne une allure folle. Elle laisse libre cours à sa fantaisie, pour habiller son regard, à grands traits excités de mascara. C'est qu'elle doit mettre le paquet. Elle ne trouve plus ses faux cils. Sûrement un coup des autres artistes. Elle les rend tellement jaloux, avec son numéro.
Elle passe aux lèvres. Elle hésite, elle possède beaucoup de nuances, du carmin, du bordeaux, du bourgeois, difficile de faire son choix. Sa main tremble d'excitation et saisit un rouge

coquelicot, parfait pour dessiner, sur ses lèvres pincées, un large sourire de clown.

Le résultat est frappant.

Elle s'attaque aux cheveux. La tâche est plus facile, même si sa crinière flamboyante n'est pas des plus dociles. Elle la brosse avec frénésie, l'ébouriffe avec ferveur. Elle s'asperge de laque en clignant des paupières, c'est qu'elle n'a pas envie de tout refaire. Le volume et le voile fixateur accentuent l'intensité de sa couleur acajou.

Elle doit s'habiller maintenant.

L'heure approche, elle entend déjà les bruits des spectateurs, les chaises qu'on repousse, les soupirs que l'on pousse. Le stress monte d'un cran. L'euphorie la guette. Elle farfouille dans le placard et arrache à son cintre la robe pour la représentation. Elle se glisse et se perd dans un tissu à fanfreluches multicolore noyé de froufrous. Elle s'admire dans la glace, il n'y a pas à dire, quelle classe. Nerveuse, elle se met à faire voler son jupon et tournoyer ses pompons. On toque à la porte, la panique la submerge. C'est certainement son manager, pour la rappeler à l'ordre. Ça y est, il faut monter sur scène. Ses mains tremblotent, elle aimerait tant trouver un truc pour troquer son trac.

Inspire, expire.

Elle se rappelle Édith la sophrologue et ses pratiques quasi ésotériques pour apprendre à respirer. À vrai dire, les séances n'ont jamais vraiment payé, elle n'a jamais vu d'arbre, encore moins de forêt. À chaque fois qu'elle s'essaie à la visualisation et qu'elle se concentre, elle s'enracine dans un sommeil profond.

Elle sait ce qu'il lui faut. Une cigarette. Elle a besoin de fumer, là maintenant, tout de suite. Juste une petite bouffée, une latte, une respiration riquiqui, de la sophrologie *nicotinée*. La terreur la terrasse. Elle n'en a pas. Pourtant, elle était certaine d'en avoir dans son sac, ce doit être Nicole, la voltigeuse de la loge voisine. Elle rôde toujours autour d'elle, avec son air loufoque et ses affreuses froques.

On frappe à nouveau. Elle ne peut plus respirer, la porte s'ouvre déjà sur un homme d'âge mûr, à l'air un peu pressé.

« Mes cigarettes !
– Bonjour Miranda, je vois que vous êtes en pleine forme. On n'attend plus que vous.
– On m'a volé mes cigarettes ! C'est Nicole, n'est-ce pas ?
– Vous savez que Nicole ne fume plus depuis longtemps. Et vous non plus d'ailleurs.
– Juste une taffe ! Ce n'est pas sorcier ce que je demande !
– Calmez-vous, Miranda, j'ai ce qu'il vous faut, c'est même mieux qu'une cigarette. Tous les artistes ont besoin d'un petit coup de pouce, et vous avez envie de préserver vos poumons, n'est-ce pas ? » la rassure-t-il en lui tendant un verre d'eau.

Miranda hoche la tête et s'exécute docilement. C'est toujours le même rituel avant chaque représentation. Elle avale les deux petits cachets. Elle sent les muscles de son visage se détendre, et un sourire commence à fendre sa bille de clown.

L'homme se retire sans cérémonie, il doit poursuivre la tournée des artistes.

C'est au tour de Nicole, qui aime se percher sur sa chaise, et qu'on surnomme dans le service, l'acrobate. Il toque à la porte 407 et soupire.

Encore une longue journée au Centre Les Alpes, l'hôpital psychiatrique de la ville de Montreux.

Mauvais esprit

– Vous vous sentez prête ? demande la dame aux yeux gris, les cheveux bouclés éclairés par une lumière tamisée d'un lustre qui, avec ses perles en bois et son look très vintage, ressemble en tous points à….

Laurie revoit aussitôt la scène. Dix-sept ans plus tôt. Elle ferme les yeux.

***

Un soir d'octobre.

Dans son village, à l'heure où seuls les chats errent dans la rue principale, les réverbères sont éteints, comme bon nombre des foyers du hameau. Pas le sien. L'adolescente a profité de l'absence de ses parents, partis braver le froid automnal afin d'écouter un obscur groupe de musique, pour inviter ses deux meilleures amies à dormir.

Les trois copines ont passé l'après-midi à découper des citrouilles, se peinturlurer les bouilles et se ficher la trouille : c'est Halloween. Déguisées en squelette, zombie et autres monstres de compagnie, comme le veut la tradition, elles ont menacé tout le bourg : des bonbons ou la vie !

Elles n'ont récolté que des bonbons.

La soirée est déjà bien entamée.

Collées les unes aux autres sur le canapé, elles s'empiffrent de friandises devant des films d'horreur aux noms prometteurs : *Scream* et *Massacre à la tronçonneuse*. Garantis Sang-Frissons.

La maisonnée, que Laurie a fermée à double tour, est plongée dans l'obscurité, s'éclairant au rythme des images qui défilent devant leurs trois paires d'yeux où se mêlent crainte et curiosité. Alors que seule dans sa propre maison, l'héroïne Sidney Prescott vient de raccrocher le téléphone, pour mieux se barricader à l'intérieur, le tueur masqué de Woodsboro jaillit du placard et...

Driiiiiiiiiiiiing !

Les trois adolescentes hurlent toutes les trois en même temps sur le sofa. Emma et Daphné sont cramponnées l'une à l'autre, comme des chaussures de football avant un match.
« Qui c'est ? » croasse Emma en scrutant la porte, à travers son masque de squelette.
Laurie éclate de rire, pour camoufler sa propre panique. Elle a l'impression que son cœur va transpercer sa chemise de bûcheron tellement il bat vite et fort : d'habitude, c'est elle qui effraie ses amies. S'inspirant du courage de Sidney Prescott dans le film de Wes Craven, elle se lève et saisit, en guise d'arme, la bouteille de Champomy qui se trouve sur la table. C'est absurde, en plus elle est vide. *Une bouteille sur le crâne, même sans alcool, ça doit faire mal à la tête, non ?* Laurie lance un dernier regard sur ses amies.
Elles n'ont pas quitté le canapé.
Laurie tourne la clé avec précaution. Un tour, puis deux.
Rien. Juste le froid, le silence et le calme de sa rue.
Elle resserre sa prise sur le Champomy et s'avance sur le perron, comme dans toute scène de film d'horreur qui se respecte.

Bouh !

Laurie lâche un cri et sa bouteille de protection. Le Champomy rebondit sur le sol et roule jusqu'aux pieds de deux Freddy Krueger désarticulés qui se tordent de rire : son frère Nathan et son copain Loïc, tout droits sortis du film des *Griffes de la nuit*, affublés de pulls à rayures, les visages, sous un petit chapeau noir, boursouflés par le maquillage et le fou rire.

– Nathan, tu es trop relou ! J'aurais pu te faire super mal !

– Me faire mal, avec ta bouteille de cidre, elle est bien bonne ! Franchement, tu aurais dû te voir ! ricane Nathan en ramassant avec ses griffes, la bouteille, qui a parfaitement résisté à la chute.

– Ce n'est pas du cidre...

– Alors, qu'est-ce que vous matez les filles ? Et si on passait plutôt aux choses sérieuses ?

Comme toujours avec le grand frère de Laurie, la question est purement oratoire : il est l'aîné et garçon, deux raisons qui étouffent tout sentiment de rébellion dans leur maison. Pour Nathan, Halloween est la soirée parfaite pour « faire les esprits » et il entend bien profiter de l'absence de leurs parents pour s'y essayer.

Trente minutes plus tard, deux Freddy, un squelette, un zombie et un fantôme se trouvent autour de la table du salon, un verre retourné au milieu de bougies, d'une marée de sel et de lettres de l'alphabet découpées sur des bouts de papier. Comme à son habitude, Nathan n'a lésiné sur aucun détail. Il a même ajouté à la tablée quelques gousses d'ail, rappelant que celui-ci repousse les vampires, *et qu'on ne sait jamais*. À travers les volutes de fumée, les autres adolescents pouffent, comme pour dissiper le malaise et la peur qui pointe. Personne pourtant ne conteste, et l'ail au milieu de la table reste.

– Esprit, es-tu là ?

Nathan ouvre la séance, très sérieux dans son rôle de médium médiateur. Le doigt tremblant sur le verre, les autres scrutent le moindre de ses mouvements.

Rien.

Nathan reprend sa question sans sourciller, semblant résolu à en dénicher un parmi le panel que Laurie imagine fort bien rôder dans le grenier familial au milieu des araignées et des vinyles des Pink Floyd.

– Esprit, es-tu là ?

Nathan change de stratégie, aussi précis et appliqué qu'un thanatopracteur.

– Mauvais esprit, es-tu là ? Si tu es là, fais-nous un signe.

Alors qu'un rire, nerveux, gagne l'assemblée, les jeunes sentent soudain sous leurs phalanges, une légère vibration : le verre se déplace !

Il avance péniblement vers l'un des bouts de papier marqué d'un...

OUI

L'envie de rire passe aussitôt. Filles comme garçons se regardent, étourdis devant la boussole divine. Défiés par les trois lettres. Les fronts se mettent à perler sous l'angoisse et les masques, soudain, il fait chaud sous les pulls rayés et les chemises à carreaux.

– Qui... qui es-tu ? s'enhardit Daphné, tendue sous son drap de fantôme.

Le verre ne bouge pas d'un millimètre.

– Est-ce que tu peux épeler ton nom ?

Nathan reprend du service, et les commandes. Le verre vibre quelque peu.

– Ça veut dire oui !

L'anxiété s'efface, l'excitation les saisit. Le verre se met à se déplacer lentement, puis de plus en plus vite, sous leurs yeux écarquillés.

B, A, B, A, R…

– Mais t'es vraiment qu'un bouffon ! s'écrie Nathan en repoussant d'un seul coup le verre devant lui.

Loïc s'étrangle de rire devant sa petite farce.

– Si vous aviez vu vos têtes !

– Tu gâches tout franchement ! s'exclame Emma, qui a retiré son masque de squelette.

– Non, mais sérieux, vous y croyez à ces conneries ?

– On ne peut rien faire avec toi !

Daphné a ôté son drap de fantôme et le fustige du regard.

– Oh ça va, c'était pour rire ! Faut vous détendre !

– Ben va te détendre dans la pièce d'à-côté ! continue Daphné.

– Quoi ? Vous êtes sérieux là ?

– Disons que tu perturbes un peu la séance, et peut-être que les esprits n'aiment pas trop ça, suggère Laurie.

– Moi, je perturbe la séance ? Attends Nathan, tu ne vas pas laisser les copines de ta sœur faire la loi !

Nathan, la mâchoire serrée, ne répond rien.

– OK, vous êtes des oufs franchement. Ça vous monte grave à la tête votre Esprit de mes deux !

Loïc repousse brutalement sa chaise et se dirige vers la porte qui donne sur la cuisine.

– Une belle bande de losers, je vous dis !

Loïc ouvre la porte et allume la lumière de la cuisine, remonté comme un tireur de fléchettes à qui l'on a enlevé la cible.

– Hé ! Peut-être que vos esprits, ils parlent anglais en fait ! *Do you hear me, Mr. Spirit ?*[2]

Nathan coule un regard vers sa sœur qui replace aussitôt le verre au centre de la table même si personne autour ne semble avoir envie de jouer.

Dans la cuisine, Loïc continue de s'égosiller avec son très mauvais anglais, face à un public imaginaire.

– *Hey, Spirit, you don't want me in room, where are you ? You can't respond ? C'est normal because you're dead !*[3]

Loïc explose de rire et claque méchamment la porte du salon. Le lustre au-dessus des têtes des quatre adolescents se décroche, écrasant le verre qui se morcèle sous le choc. Les perles du plafonnier explosent sur la table et aux visages des adolescents. Elles s'éparpillent sur le carrelage froid et marron du salon. La suite n'est que chaos ; gros mots, hurlements, gestes précipités. Ça jette de l'ail à travers toute la pièce, ça répand tout le contenu de la salière sur le sol du salon, ça fait des signes de croix à l'envers, ça s'excuse en anglais, ça beugle, ça glisse sur les perles qui jonchent le sol et que Nathan, méthodique, ramasse avant de fourrer d'un geste automate dans la poubelle de tri.

---

[2] *Est-ce que tu m'entends, M. l'Esprit ? (Traduction de l'anglais (formulation incorrecte de l'adolescent)*

[3] *Hé, Esprit, tu ne me veux pas dans la pièce, où es-tu ? Tu ne peux pas répondre ? C'est normal parce que tu es mort ! (Traduction de l'anglais, dans la langue approximative de l'adolescent)*

***

– Est-ce que Babar est prête ?

Laurie rouvre soudain les yeux et regarde la dame dont le visage n'a pas bougé sous la lumière feutrée du lustre.

– Qu'avez-vous dit ?

– Je demandais si vous étiez prête.

Laurie se sent bête, à sursauter et rougir comme l'adolescente qu'elle était au moment du fiasco d'Halloween et se demande si tout ceci n'est pas une méprise. Aucun des présents ce soir-là n'a plus jamais songé à refaire les esprits, comme liés par une promesse arrachée dans la stupeur. Quand les parents étaient rentrés de leur concert, Nathan avait essuyé les remontrances d'une phrase dont lui seul avait le secret : quand un plafonnier était si moche, fallait pas s'étonner qu'il se décroche. Ils n'en avaient jamais reparlé.

Avec les années bien sûr, Laurie a pu rationaliser son souvenir, et s'amuser de sa propre candeur, qu'elle associe à une enfance imprégnée de films de Wes Craven et d'histoires de clowns tueurs narrées à la faveur de l'été et de balades en forêt. Pourtant, aujourd'hui, alors que ses amies sont parties pour la capitale et Nathan pour de bon, elle se sent prête à réitérer l'expérience. Cela fait déjà huit mois, et la douleur qu'elle ressent ne part pas. Elle fixe la table de *Ouija* qui la sépare de la dame aux yeux gris.

– Oui.

Oui, elle est prête à tout. Quitte à faire tomber un nouveau lustre. Tout pour voir les lettres s'animer, et pouvoir de nouveau communiquer avec Nathan.

Comme il lui manque, son mauvais esprit.

Reine de cœur

– Non mais on croit rêver !
– Hélas, dans notre monde merveilleux...
– Au diable les orgueilleux !
– Au tribunal...
– La Reine, c'est moi !
– ... seule la loi fait office de roi, murmure le valet en s'approchant de la coiffeuse devant laquelle la Reine se démène avec sa chevelure, qu'elle tente de peigner à grands coups de poignet.
– On marche sur la tête ! D'ailleurs, vous n'allez pas tarder à l'avoir coupée, la vôtre, de tête ! hurle la Reine en menaçant de son peigne le valet.

Celui-ci, habitué à essuyer les coups de sang de sa maîtresse, évite soigneusement le coup de peigne et s'en empare pour s'occuper lui-même des cheveux de la Reine.

– Écoutez, je vais jouer cartes sur table, tout plaide en votre défaveur.
– Dans ma cour, l'impertinence n'a jamais été un atout.
– Je ne fais que conter les faits. L'armée est contre vous, on a reçu les témoignages du lapin...
– Encore un de ses coups !
– Du chapelier...
– Chapeau, si vous y croyez !
– D'Alice...
– Cette fille qui s'allonge et qui rapetisse !
– Du Loir...
– Qui passe sa vie dans les dortoirs !

– De la duchesse...

– Traîtresse !

– De la fausse-tortue...

– La citer même, c'est tordu !

– C'est que l'affaire concerne le Roi... s'offusque le valet, qui n'a plus personne à énumérer et qui en profite pour s'arrêter et admirer la coiffure de la Reine.

– Le Roi ! Ne m'en parlez pas ! Ce poltron ! Ne m'en parlez plus jamais ! Ce gros minet !

– Convenez que ce genre de réaction n'aidera pas votre cause...

– Mais au diable la cause ! Que cette écervelée d'Alice et ses amis imaginaires me fassent la guerre, passe encore, la jeunesse préfère créer des histoires plutôt que d'en être bercée ! Que mes serviteurs se retournent contre moi, passe encore ! La rébellion gronde, mais elle s'essoufflera, comme toutes les frondes ! Dès qu'il faut nourrir des bouches, règne le silence et volent les mouches !

Le valet, engoncé dans son costume rouge et bleu, ne sait plus sur quel pied danser maintenant que la Reine est lancée. Il repose le peigne et se penche vers la coiffeuse pour y prendre un peu de poudre.

– Qu'on me menace d'être jetée en pâture pour... cette ordure ! Cette crapette juste bonne à faire les doux yeux et sortir le grand jeu... J'aurais dû écouter ma mère qui ne cessait de me répéter que le jour où l'on épouse un homme, on est condamnée à faire les carreaux, derrière les barreaux de sa propre maison.

– Vous y allez un peu fort, intervient le valet, en ôtant un surplus de poudre sur les joues de la Reine.

– Quand j'y pense, moi qui lui riais au nez, « Mère, vous vous trompez, si vous entendiez ses mots, vous les comprendriez ».

– N'est-ce pas là le propre de la jeunesse ? De goûter au parfum de légèreté de l'amour naissant ? Ce flacon d'insouciance...

– Ce n'était pas de l'insouciance, hélas ! Regardez où elle vous mène, l'arrogance : tout droit dans les bras du Roi, aussi béate qu'une oie !

– Personne n'oserait penser cela de vous, corrige le valet en ajoutant une touche de rouge sur les pommettes hautes de la Reine.

– Le lendemain de notre célébration, tout avait disparu, sa fièvre, ses paroles mièvres ! Un autre homme. D'os et d'acier. Bague en diamants, cœur de pierre.

– N'en prenez guère ombrage, c'est sa manière à lui de vous rendre hommage, reprend le valet en tapotant de rose les lèvres pincées de la Reine.

– J'aurais préféré qu'il m'offre une dague. Il fallait voir ma mère qui, du bout des lèvres et du fond des yeux, me signifiait, triomphante, qu'elle m'avait bien prévenue.

– Je crois que vous êtes fatiguée, ma Reine, peut-être serait-il souhaitable que...

– J'ai tout tenté pour qu'il me voie à nouveau. TOUT ! J'ai exécuté toutes les tâches qu'il m'ordonnait et tous les habitants qu'il me désignait. TOUS ! J'ai pensé que les papillons, ces papillons dont on parle toujours, qui vous remuent le ventre, et qui s'étaient envolés, retrouveraient leur chemin, pour faire rejaillir à ses lèvres ses paroles à rendre jaloux les orfèvres. Mais ces paroles, que j'étais prête à boire, que j'espérais à la lueur des bougeoirs, ces paroles-là, il les réservait à une autre, à cette Lisandrin. Cette nuit-là, quand je les ai surpris, enlacés tous les deux dans la suite du Roi... je ne sais ce qui m'a pris ! Le chandelier se trouvait là sur la commode, et soudain, il n'y était plus ! Si Clothilde la femme de chambre n'était pas intervenue... je ne voulais que son amour, rien de plus !

Des larmes apparaissent au coin des yeux de la Reine. *Elle n'a jamais été si belle*, pense le valet.

– Ma Reine, peut-être que lors du jugement, vous pourriez répéter ce que vous venez de me confier... suggère-t-il en sortant du tiroir de la coiffeuse un collier d'émeraudes.

– Que dites-vous ? M'épancher ainsi devant mon peuple ! Jamais, vous m'entendez ! Jamais !

– Cela permettrait simplement de montrer... souffle le valet, en disposant la parure de pierres autour du cou de la Reine.

– Quoi donc ? Mes faiblesses !

– Non, que vous avez un cœur, ma Reine.

Le valet pousse doucement le fermoir du collier et regarde la Reine dans le miroir, admirant cette nuque si fine et délicate, que le Roi ferait trancher en fin de journée.

Piège de collection

La foule des voisins, attroupée en bas de l'immeuble, assistait impuissante au bal des pompiers.

Le vieillard jubilait. Il ne lui en restait plus qu'un. Le clou du spectacle ! Sous ses lunettes carrées, le visage ridé se déridait devant les planches cartonnées, soigneusement rangées par pays : sur sa collection européenne, tout de colle englués, les pièces doraient et les billets bronzaient. La Belgique s'impatientait : à l'endroit du billet de cent francs, figurait un trou béant. La pièce manquante. Celle qu'il avait eu tant de mal à se procurer. Il fallait croire que les Belges y tenaient, à leur ancienne monnaie.

Depuis son salon sans lumière, le vieux Joseph trépignait. L'œil rivé sur l'entrée de l'immeuble, derrière ses rideaux tirés, il épiait l'arrivée de Jeanne, la factrice. Il connaissait ses horaires et ses habitudes. Elle passait toujours vers ces eaux-là, après avoir bu un verre avec le Gaspard. Il ne savait pas ce qu'ils pouvaient bien se raconter le Gaspard et la Jeanne et à vrai dire, il s'en souciait comme d'une guigne.

Il avait perdu l'envie et l'habitude de jacter, et il appréciait d'autant plus son poste en haut de la tour de l'immeuble qui lui permettait de pouvoir scruter les allées et venues de ce bas monde tout en restant à l'écart des voisins, et surtout des ragots. Joseph avait bien assez de pensées pour s'occuper la journée sans s'encombrer de celle des autres ! Et puis, il devait surveiller ses piécettes.

Il avait songé à les mettre en banque, mais il se méfiait des agents dont les dents polies rayaient le parquet. Ces détraqués du dollar en costard ! Pas question de leur confier un seul de ses billets ! Il avait bien pensé à un coffre-fort, mais avec ses pauvres os, il aurait fallu se le faire livrer... C'était un coup à attirer les indiscrets et attiser les jalousies, trop peu pour lui ! Les temps étaient sombres, il ne faisait pas bon y voir traîner un faible vieillard avec un coffre-fort. Alors, Joseph les avait enfouies, sans grande originalité, mais avec une certaine agilité, sous les lattes de son sommier, dormant d'un sommeil de plomb sur ce matelas d'argent.

Ce matin, éparpillées sur le sol, éclairées à la bougie, elles dansaient devant lui, les planches de sa collection, tout un pan de sa vie en trois dimensions. Le téléphone arracha Joseph à sa contemplation. Comme un pantin qui aurait retrouvé son ressort, il se jeta sur la panoplie européenne, l'écrasant de tout son poids, l'enserrant de ses dix doigts. Il ne bougeait plus, laissant sonner dans le vide. Ça recommençait. Des jours que cet appareil entortillé s'entêtait à le torturer. Il savait qui se tenait à l'autre bout du fil.

Toujours le même rituel. Une respiration, une pause et ces six mots susurrés : « Cette collection n'est plus vôtre ! »

Il souffla sur la bougie, plongeant dans l'obscurité la pièce. Cramponné à ses cartons, il attendait que l'écho des sonneries cesse. Il ne répondait plus. S'il fallait vivre à l'avenir dans la pénombre, il s'accommoderait, de toute manière, la lumière l'incommodait. Il pourrait même se débarrasser de ses lunettes, qu'il avait choisies carrées, empêcheur de tourner en rond qu'il était. Le silence enveloppa de nouveau le salon. Fier de son stratagème, Joseph ricana. Il se mit à ramper, faisant craquer ses articulations jusqu'à la fenêtre. Toujours rien. La Jeanne battait des records, presque une heure de retard à son chronomètre. Du jamais vu.

Et si…

Et si elle était mandatée par *la Voix* ? Après tout, elle avait vu passer beaucoup d'enveloppes à bulles, minuscules, à pustules. Elle devait reconnaître sous le toucher de ses doigts devenus habiles, aiguisés par le temps à soupeser des lettres, la forme ronde d'une couronne norvégienne, la finesse d'un billet portugais. À force de trinquer chez ce gredin de Gaspard, elle avait bu la coupe de la cupidité.

Tout s'éclairait.

La Voix, la postière, le Gaspard, le retard. Il les voyait les filous, attendant la dernière devise manquante, se frottant déjà les mains à l'idée de le dépouiller jusqu'à la moelle. On frappait maintenant à la porte. Le vieux Joseph se crispa. Elle était fermée à double tour, mais la porte, aussi usée que lui, céderait bien sous les tambourinements, sous la masse imposante de *la Voix*.

Car il l'avait observé, le Gaspard, sa forte ossature, la taille épaissie par l'alcool matinal. Il ne ferait pas le poids. Et alors, la Jeanne, cette sorcière en bleu marine, cette kleptomane du dimanche, rirait à gorge déployée, ramassant les billets, comme de la neige québécoise sur le Mont Royal.

Qui prendrait sa défense face à ces deux crapules ? Lui qui avait signé chaque bas de collection de son nom au stylo-plume. Comme il se trouvait ridicule maintenant.

On toquait de plus belle, chaque coup sur la porte tapant toujours plus sur les tympans de Joseph. Il ne respirait plus vraiment, tapi derrière la fenêtre, les mains sur les oreilles. Cerné dans son propre salon, il n'avait aucune arme pour se défendre.

Et cette *Voix*, imperturbable. Il manquait d'air, la tête lui tournait. Soudain, l'illumination. Tâtonnant jusqu'à sa chère collection, il ralluma la bougie, et, du bout de ses doigts remplis d'arthrose, la renversa sereinement sur le premier carton achevé qui avait fait sa fierté, celui de l'Espagne. Gagné par le fou rire et par cette chaleur qui prenait possession de la pièce, il hurla à la porte et au téléphone, débranché depuis des mois.

« Vous n'aurez pas ma COLLECTION ! »

***

La porte, si archaïque fût-elle, n'avait pas cédé. Les pompiers étaient arrivés trop tard, les cartons avaient vite embrasé les tapis de fausse fourrure, fourrés au polyester. En costume bleu parmi la foule, Jeanne, bouleversée, regardait les flammes qui ravageaient l'appartement de Joseph.

Sur la même tournée depuis plusieurs années, elle le connaissait bien, lui et sa collection, même si ces derniers temps, elle l'avait peu croisé : le courrier, comme les visites, se faisaient rares au dernier étage de l'immeuble. Ce matin-là, après avoir aidé Gaspard à remplir sa déclaration d'impôts sur la tablette que ses enfants lui avaient offerte sans qu'il ne sache s'en servir, c'est avec un empressement tout enfantin que Jeanne avait gravi les marches de chez Joseph pour lui remettre en mains propres, la lettre qu'il attendait et qu'elle savait contenir, le fameux billet de cent francs belges.

Hiver

« On voudrait avoir ce courage des oiseaux en hiver »
Françoise Lefèvre

Télé crochet

Sicaire se mit à aller et venir, fouillant dans tous les tiroirs de la commode, même celui du bas, qui était cassé et qu'on ne dérangeait jamais.

– Mais enfin, où est-elle passée ?

– Quoi donc mon ange ? marmotta Céphéide, exécutant un énième ouvrage au crochet, maîtrisant autant l'art de la causette que celui de la *chaînette*[4].

– Eh bien ! Ma vertu ! s'exclama Sicaire, sidéré et excédé devant l'évidente absence de celle-ci et l'ignorance de celle-là.

– Oh, la dernière fois que je l'ai aperçue, il m'a semblé la voir dans les chaussettes, suggéra Céphéide, habituée aux humeurs de son compagnon, ainsi qu'à ses oublis vertueux, tel un cercle se répétant à l'infini, du dimanche au samedi.

– Non, je ne te parle pas de mon moral, c'est la vertu que je cherche ! Bon sang de bonsoir, je parie que c'est encore toi qui l'as changée de place en faisant du ménage dans nos valeurs !

– Tu sais bien que je ne touche jamais à ta vertu... Mais pourquoi en as-tu tant besoin présentement ? Tu arrives à t'en passer si facilement !

– Allons, tu aurais donc oublié ce dîner de la plus importance !? Je ne peux décemment pas m'y présenter sans l'ombre d'une vertu !

---

[4] *Tous ces termes appartiennent au vocabulaire du crochet et font référence aux différents types de mailles possibles pour effectuer tout ouvrage au crochet. Ils apparaitront en italique tout au long de cette nouvelle.*

Sicaire s'accroupit et se mit à fureter sous le lit conjugal, *des fois que, entre la poussière et des rognures d'ongles...*

— Ah oui, le gala de *bienpensance* ! soupira Céphéide, qui s'y ennuyait toujours de pied ferme. Personne ne t'en voudra si pour une fois, tu oublies ta vertu !

— Faut-il être femme, pour dire pareille sottise ! s'écria Cicaire, manquant se cogner la tête sur le sommier.

— As-tu regardé du côté de ton sexisme ? Elles doivent être fourrées ensemble.

— Est-ce bien le moment de plaisanter !? C'est un peu culotté de ta part quand on sait que c'est un peu grâce à moi que tu passes tes journées à tricoter sans l'ombre d'un souci financier !

Sicaire s'était relevé avec quelque difficulté – encore son satané genou – et s'époussetait la veste couleur terracotta qui commençait à être juste au niveau de la taille, mais dont le bouton fermait toujours.

— C'est du crochet, rappela Céphéide, ne daignant même pas lever les yeux de son œuvre.

Deux mailles serrées. Une demi-bride.

— Du crochet, du tricot, c'est du pareil au même... Où est passée cette maudite vertu, sacrerouge ! s'égosilla Sicaire, si furieux qu'il en transformait son français.

— C'est comme chercher un galet sur une belle plage bretonne... murmura à soi Céphéide.

Bride.

— Que dis-tu ? gronda Sicaire, qui, s'il épousait une certaine patience dans son métier d'antiquaire, en disposait bien moins devant celle qu'il appelait auprès de ses clients, sa ménagère.

— Je dis qu'enfin, ta vertu n'a point pu aller bien loin ! reprit Céphéide.

Double bride.

— Évidemment ! Mais c'est toujours ainsi ! C'est quand on la cherche le plus, qu'on ne trouve plus la vertu !

— Et tu as demandé à, comment s'appelle-t-elle déjà, cette jeunette qui traîne toujours dans ta brocante et qui semble passionnée par les vieilleries...

— Maxine ? Qu'a-t-elle donc à voir avec ma vertu ? fit mine de s'offusquer Sicaire, sur le vif.

— Oh, je la vois souvent rôder près de tes « bibelots », ajouta Céphéide.

Brin en avant.

— Alors ça, cette sournoiserie toute féminine ! Profiter d'un moment de détresse pour accuser les mâles, pour m'accuser moi des pires scélératesses ! s'exclama Sicaire, sur le revif, en réalisant avec effroi, qu'effectivement, la probabilité était plutôt haute, voyons, il n'avait pas vu Maxine depuis plusieurs jours, depuis leur furtive étreinte derrière une statue de léopard en céramique, qu'ils avaient failli briser.

— Je cherche seulement à t'aider, cela doit être dur de ne pas savoir où se cache sa propre vertu, susurra Céphéide.

Maille serrée. Augmentation.

— Tu as raison ! Pas besoin de se parer de vertu à ce maudit gala ! Voilà, ça devrait faire l'affaire ! déclara-t-il en sortant d'un nouveau tiroir, sa complaisance.

— Oui, en plus celle-ci te va à ravir mon ange ! glissa Céphéide, *avec une maille en l'air*. Lorsque j'aurai terminé mon ouvrage, je regarderai à nouveau dans mes affaires personnelles, si je n'ai pas mélangé ta vertu avec la mienne.

– Tu es un amour ! Je file ! À ce soir, amuse-toi bien avec ton tricot ! lança Sicaire en claquant une bise sur le front de sa femme, et la porte derrière lui.
– C'est du crochet, grogna Céphéide.
Triple maille serrée.

Elle se leva et admira le travail accompli. Elle caressa le plaid kaki, il était doux, elle y avait mis du cœur, et beaucoup d'heures. Semblant se rappeler quelque chose, le plaid sur les épaules, elle se dirigea vers le garage dans lequel elle ouvrit l'ancien congélateur qui ne servait plus depuis des années, mais que son mari, qui n'était pas bricoleur, n'avait jamais pris la peine de réparer, ni de déposer à la déchetterie.

Céphéide sourit. Oui, le plaid suffirait amplement. Alors, avec une infinie douceur, elle extirpa de son tablier de couturière la vertu de son mari et la déposa au fond du congélateur. Puis elle ôta le plaid kaki, le déplia, s'assurant de bien recouvrir le corps de Maxine, de son joli minois jusqu'à ses pieds froids. Elle referma le congélateur en se frottant les mains. Céphéide n'avait jamais voulu se revancher, c'était juste arrivé, comme dans un vulgaire scénario de télécrochet.
Échec et maille, coulée.

Les trois corbeaux

– Ftt ! Ftt ! Allez-vous-en !!

– Eh bien, Camilla, qu'est-ce qui se passe ? demanda Marcelle, sa grand-mère, qui entrait sous la pergola où la petite-fille de six ans avait organisé un festin de son âge : biscuits, madeleines et énormes carrés de chocolat aux noisettes.

– Je ne veux pas que les corbeaux s'approchent de moi. Ils me font peur !

– Oh, ma chérie, tu ne crains rien avec eux, tu sais, ils font leur vie, comme toi et moi.

– Je n'aime pas leur regard !

– Dis-moi, Camilla, est-ce que je t'ai déjà raconté l'histoire des trois corbeaux ?

– Des trois corbeaux ?

La petite-fille fronça les sourcils, pour mieux réfléchir, puis fit non de la tête.

– Alors, je crois bien qu'il est temps que tu fasses leur connaissance, fit la grand-mère, en partant chercher un ouvrage dans la bibliothèque.

Elle revint avec un grand livre vert bouteille à la couverture rigide et s'installa confortablement dans son fauteuil préféré, un ancien rocking-chair qu'elle avait trouvé dans un vide-greniers, qui ne balançait plus et que la petite-fille avait prénommé Albert. Camilla, repérant le signal du début de la lecture, se mit en tailleur, au pied d'Albert, les oreilles prêtes à écouter l'histoire de sa grand-mère, et la main, à portée de son paquet de madeleines. Les contes de Marcelle pouvaient durer, surtout lorsque celle-ci donnait vie à des personnages qui avaient été longtemps oubliés sur les étagères, et dont les voix ne demandaient qu'à s'élever sous la pergola. Marcelle prit une grande inspiration et tourna la première page.

***

Mamua était un village à peine plus gros qu'un hameau : un clocher, quelques toits, des champs. Un endroit comme il en existe tant. Et pourtant sur le visage de ses habitants, des juvéniles, printaniers, aux plus séniles, boucaniers, on pouvait lire désespoir et tourment. Car à Mamua, les naissances frôlaient le néant : les semaines et les mois passaient, les cloches ployant sous les enterrements et Valentin, l'évêque du village, déplorant l'absence d'heureux événements.

Les rumeurs les plus folles n'avaient pas tardé à circuler.

Et si les jeunes étaient paresseux pour la chose ? Et si le village était, comme qui dirait, sous hypnose ? Et si, et si... La nature humaine est ainsi faite, qu'à tout problème, il faut en imaginer la cause. De toutes les hypothèses élaborées dans le secret des foyers et propagées derrière des tas de fumier, une seule était restée sur les lèvres des villageois : la malédiction avait frappé au cœur de Mamua.

Dès lors que cette supposition se transforma en affirmation, les villageois s'empressèrent de déterminer au village le coupable et de désigner un bouc émissaire. Comme dans cette région qui élevait principalement des moutons, les boucs faisaient peu légion, rapidement le choix s'était porté sur les corbeaux.

Ces êtres tout d'ombre et de noir abritent des desseins aussi sombres que leur plumage !

Regardez ces yeux sournois, ce bec, jamais de guingois...

Avez-vous remarqué comme ils ne sont jamais loin, prêts à se jeter sur les cadavres ? Corps fragiles, cœurs fébriles, tout les affriole !

Les villageois s'armèrent d'impatience et de vieux outils : bêches, râteaux, houes, binettes, chacun dans son grenier trouva de quoi participer. Les ruelles du hameau s'animèrent au rythme des jets de pierres et au claquement des vieux revolvers. Certains se donnèrent à cœur joie, le cou tendu et les mains perdues dans les viscères. Un seul mot avait suffi, guère plus de temps, deux ou trois nuits : les corbeaux étaient devenus à Mamua, l'ennemi à décimer, des « anima non grata ».

Les jours défilèrent. Mamua, libérée de ses oiseaux de malheur, patientait ; ses habitants scrutaient le ciel pour y apercevoir le bonheur en forme de cigognes. Seuls les nuages, immenses éponges grises au-dessus de leurs têtes, répondaient à leurs messages. Au pied de l'église, la rivière continuait de ruisseler, ses flots grisés portant le même présage.

Grelot ne comprenait pas. Il était persuadé de les avoir tous canardés, *ces corbacs*. Grelot, excellent chasseur, reconnu par les membres de sa communauté, avait participé activement à la mission pour conjurer la malédiction et s'y était particulièrement distingué. Tout juste la veille, en guise de remerciement, il avait reçu de la main de l'évêque, un trophée sculpté dans du bois et une salve d'applaudissements de l'assistance. Grelot avait accepté la récompense avec une réserve que tous avaient prise pour de la modestie puis avait jeté un œil au ventre désespérément plat de sa femme, un regard qui trahissait, à tout villageois prenant la peine d'observer, la véritable raison de son acharnement contre les corvidés.

Non, Grelot ne comprenait pas pourquoi le mauvais sort continuait de s'acharner sur Mamua. Tandis qu'il se joignait à l'ensemble des villageois pour de nouvelles obsèques, attendant comme ses comparses le signal de l'évêque Valentin pour commencer la cérémonie et entrer dans la chapelle, une femme hurla et pointa du doigt le ciel.

Trois corbeaux sous un vitrail penchés !

« Mon ciel !
– Misère !
– Mes sels ! »

L'évêque Valentin faillit en perdre sa mitre et se rapprocha aussitôt de Grelot.
– *Sacristie*, Grelot ! Vous m'aviez dit que vous vous en étiez débarrassés.
– Je vous assure, Valentin, que nous avons effectué plusieurs rondes, et qu'il n'en restait pas un seul.
– C'est ce que je redoutais, murmura Valentin, en se signant.
– Je vais m'en occuper. Avec mon lance-pierre, en un instant, l'affaire est réglée.
– Ainsi, le Malin s'est attaqué à Mamua, chuchota l'évêque.
– Ils ne sont que trois, il sera facile de...
– Grelot, je vois plus d'autre solution, allez chercher Dresden.
– Dresden ? Le chaman ?
Dresden venait du hameau voisin, une communauté tout aussi petite que celle de Mamua, mais avec laquelle les habitants ne frayaient jamais, réceptacle de vieilles rancunes dont seuls les clochers avaient le secret.

– Oui, que l'on me pardonne, mais il en va du futur de Mamua, je ne peux plus voir les miens tomber ainsi, mon église a connu trop de chagrin, murmura l'évêque en se recoiffant, les yeux rivés sur les trois corbeaux.

Grelot n'aimait pas à discuter les ordres, surtout lorsqu'ils venaient d'un religieux : il partit aussitôt pour le hameau voisin, laissant derrière lui les regards sonnés de la foule et les cloches sonnant le défunt.

La tristesse ballotta le village toute la journée et, si les activités reprirent, chacun noyant ses préoccupations dans des tâches que l'on devait accomplir, le cœur n'y était pas ; à la nuit tombée, les chaumières de Mamua s'éteignirent bien vite.

Seul, à la lueur d'une bougie, Valentin pria pour le bon retour de Grelot et s'excusa encore auprès du Seigneur.

Pardonnez un être plus que las de tous ces chrysanthèmes, qui souhaite seulement offrir à son village des parfums de baptême ! Ce Dresden a, paraît-il, des liens avec le vivant, alors, peut-être qu'il ramènera la vie à Mamua...

L'évêque fit un signe de croix, éteignit la bougie et frissonna devant le calme de la nuit.

*

Lorsque Grelot revint le lendemain matin devant les portes de l'église, suivi du dénommé Dresden, l'évêque Valentin qui n'avait pas fermé l'œil de la nuit, accourut, la tête en arrière, les bras en prière.

– Dresden, notre sauveur, nous sommes heur...
– Où sont-ils ?

L'homme de foi, trop inquiet pour le futur du hameau pour s'offusquer d'une telle brusquerie, s'exécuta et lui montra les trois corbeaux sur les vitraux. Une foule de curieux déjà se réunissait devant la chapelle, vision étrange pour les villageois, que cet homme aux cheveux gris et à la silhouette d'un héron : fin, long et cendré. Le chaman observa les corvidés un certain temps, sans prononcer une parole. Puis Dresden ferma les yeux et se mit à fredonner : les habitants hésitèrent entre se taire ou ricaner, mais par crainte d'être ensorcelés, préférèrent la boucler. Les corbeaux, Valentin, Grelot, plus personne ne bougeait.

Puis Dresden extirpa de sa sacoche en peau de mouton un ramequin en argile. Il fit quelques pas sous les regards perplexes des habitants de Mamua, se dirigea vers le ruisseau qui coulait au pied du clocher, remplit son ramequin d'eau et le posa. Valentin, Grelot, les villageois, tous attendaient, la bouche ouverte, les sourcils hauts. Le chaman plongea à nouveau la main dans sa sacoche, et en sortit une forme que les habitants eurent d'abord du mal à identifier. Puis, ils la reconnurent, sans doute possible.

Raide, sombre, poilu : un mulot. Mort !

Certains tournèrent la tête, d'autres exprimèrent leur dégoût, un dégoût qui passa vite, le village attendait la suite. Le chaman déposa l'offrande à côté du ramequin d'eau. En quelques battements d'ailes, les corvidés descendirent sur le mulot, mais dédaignèrent l'eau.

– C'est le moment de les buter, souffla Grelot, qui attrapa son lance-pierre qu'il gardait toujours attaché à sa ceinture. Il se baissa pour saisir un caillou. Les corbeaux, la queue du mulot dépassant du bec de l'un d'entre eux, remontèrent aussitôt sur leur perchoir. Le chaman pivota son profil de héron vers les villageois.

« Grelot, votre geste n'est que le reflet de ce qu'au fond, je savais déjà. Vous autres, peuple de Mamua, évêque comme villageois, avez supprimé des centaines de corbeaux, car vous avez confondu la noirceur de votre âme avec la couleur de leurs plumes. Dans notre communauté, les corbeaux sont signe de sagesse et nous honorons auprès d'eux chacune des leçons qu'ils nous laissent.

Les villageois, bouches ouvertes et yeux ronds, attendaient le verdict, comme d'autres attendent leur sentence au tribunal, ou leur tour pour acheter le journal.

– Voyez comme les corbeaux ont refusé votre eau : celle-ci est polluée. C'est elle la raison de votre stérilité.

Grelot baissa le lance-pierre et regarda avec un nouvel espoir le chaman.

– Alors, si c'est à cause de la pollution, Dresden, vous allez pouvoir nous aider à purifier notre eau ? murmura-t-il, songeant déjà à sa descendance, courant à travers champs, les pieds chatouillés par le foin séché.

– Je ne fais pas dans le miracle, j'en laisse le soin à votre évêque, vous m'avez appelé, je vous ai donné mon oracle.

– Vous n'allez tout de même pas nous laisser ainsi ? Vous avez bien un quelconque remède chamanique, pour réparer nos sols et nos rivières, n'est-ce pas ? exhorta l'évêque Valentin gigotant plus qu'à l'accoutumée.

– Je suis désolé, Valentin. Dans notre culture, les corbeaux sont des êtres de lumière, et vous les avez forcés à l'obscurité la plus entière. Puissent ces trois corbeaux, suspendus à vos vitraux, vous rappeler chaque jour à la violence de votre croyance. »

Ainsi, laissant les mots s'envoler jusqu'au toit de l'église, Dresden tourna les talons.

Sa silhouette de héron se fondit dans le reflet de la rivière couleur nuage, suivie des yeux par Valentin, Grelot, les villageois… et les corbeaux, qui depuis leurs vitraux, observeraient le hameau peu à peu s'éteindre jusqu'à ce que dans le village de Mamua, il ne reste plus qu'eux trois.

***

— Et voilà, c'était l'histoire des trois corbeaux.
— Mais alors, les corbeaux n'avaient rien fait aux villageois ? s'exclama Camilla, en tapant du poing sur les accoudoirs d'Albert. Mais, c'est pas juste !
— Quand on agit sous l'émotion, il n'est pas toujours simple d'être juste. C'est pourquoi il est utile d'interroger nos peurs pour pouvoir les affronter et trouver la meilleure manière de les surmonter.
— Moi, je n'aurai plus jamais peur !
— Il y a des situations dans lesquelles il est normal de ressentir de la peur, elle peut même te protéger, mais dans d'autres circonstances, tu pourras repenser aux trois corbeaux et tu y verras peut-être plus clair dans tes pensées. Et maintenant, ai-je mérité une madeleine ? demanda Marcelle en refermant le livre aux pages blanches sur lesquelles étaient tracées des lignes noires aussi fines que la silhouette d'un héron.

Le cimetière aux animaux

La lumière bleue du réveil indiquait 7 : 00 quand Gaëlle ouvrit les yeux. Elle rejeta aussitôt sa couette, bondit hors de son lit, enfila sa polaire à motifs de dinosaures – sa préférée parce qu'il y avait vingt-trois diplodocus dessus et qu'elle tenait très chaud – et ouvrit la porte de sa chambre, la joue gauche encore marquée par son oreiller. La maison était plongée dans le silence et l'obscurité, les volets fermés et les lumières baissées. *Comment ses parents pouvaient-ils encore dormir un jour pareil ?* Elle réfréna son envie d'aller tambouriner à la porte de leur chambre. Elle se rappela ce qu'elle devait faire quand elle se levait avant eux, ce qui n'arrivait pas souvent, car tous les deux travaillaient à l'hôpital, et qu'elle savait bien qu'on ne choisissait pas quand on était malade, si c'était le jour ou bien la nuit. Gaëlle se rendit à la cuisine où elle prépara elle-même son bol avec ses céréales préférées – celles avec le gros tigre dessus – son père les laissait toujours dans un placard à sa portée – et prit un DVD sur l'étagère du salon où se trouvait sa petite collection personnelle de dessins animés. Elle avait le droit, c'était un jour spécial, comme Noël et quelques dimanches dans l'année où elle pouvait même regarder le dessin animé en entier parce que ses parents avaient « mal aux cheveux ».

Gaëlle n'avait jamais compris comment on pouvait avoir mal aux cheveux parce qu'on ne sentait pas les cheveux sur sa tête, sauf si on les tirait trop fort, comme quand sa mère voulait lui faire les mêmes tresses que sur les tutos YouTube quand Papito et Mamita venaient leur rendre visite. Son père lui répondait toujours qu'elle comprendrait quand elle serait plus grande, une expression d'adulte qui l'énervait beaucoup, parce qu'on ne lui disait jamais quand elle serait assez grande pour comprendre. Mais ça allait peut-être arriver aujourd'hui justement, parce qu'elle fêtait ses huit ans ! Elle mit *Le Roi Lion* dans le lecteur.

Je voudrais déjà être roi !

Alors qu'elle chantonnait avec le lionceau Simba, donnant la réplique à Zazu, le calao à bec rouge pour la 21e fois – elle avait compté – elle entendit des voix qui semblaient provenir du garage. *Mais ses parents étaient déjà debout ! Et si elle allait enfin recevoir ce vélo qu'elle réclamait depuis des semaines ?* Gaëlle avait promis d'arrêter de répondre au maître, même lorsqu'il se trompait, comme cette fois où il avait déclaré que la capitale de l'Australie, c'était Sydney, alors qu'elle savait très bien que c'était Canberra – elle avait appris par cœur tous les noms des capitales sur son Atlas. Elle se mit à prier, en croisant les doigts dans le dos pour la prière expresse, comme sa Mamita le lui avait appris. *Pourvu qu'il soit vert, pourvu qu'il soit vert.* Elle traversa le couloir qui menait au garage, et ouvrit la porte à la volée. C'est qu'elle n'aimait pas du tout les cachotteries, encore moins aujourd'hui !

– C'est mon anniversaire !!!
– Gaëlle ! Ce que tu m'as fait peur ! s'exclama sa mère, en parlant très fort, ce qui était bizarre puisque le garage était très petit, et qu'il fallait toujours faire attention à la maison de ne pas parler pas trop fort à cause des voisins « mitoyens ». Gaëlle n'était pas sûre de ce que ça voulait dire, mais comme sa mère était infirmière et qu'elle parlait tout le temps de son travail, elle avait toujours pensé que c'était une autre maladie bizarre comme la rougeole et le tétanos et à chaque fois qu'elle croisait les voisins,

elle cherchait à repérer s'ils avaient de plus grosses oreilles qui amplifieraient le son à travers leur mur.

— Vous faites quoi ?
— Reste là où tu es ma chérie, il fait froid, tu es pieds nus en plus, papa est en train de...
— C'est ma surprise ?! C'est quoi ?

Son père était accroupi au sol, tentant de dissimuler sous une serviette une chose compacte qui n'avait pas du tout la forme d'un tricycle. À moins qu'il ne soit en « kit », comme les meubles que ses parents détestaient monter parce qu'ils finissaient toujours par se traiter de noms de poissons bizarres, congres, émissoles, grandes castagnoles...

— Ne t'approche pas Gaëlle !
Trop tard.

Gaël souleva la serviette et vit Patate, son chat au pelage gris.

— Patate ? Qu'est-ce que tu as Patate ?

Le corps du chat était tout froid, lui qui un soir où le thermomètre en forme de grenouille avait affiché - 6 degrés, avait été désigné par la famille entière comme bouillotte officielle de Gaëlle.

— Ma chérie, je suis désolé... commença son père en lui passant un bras autour des épaules.
— Pourquoi il ne ronronne pas ?

Patate s'activait comme un moteur dès qu'on le touchait. Son père l'appelait même « Ze Turbo ». *Ce n'était pas possible. Ce ne pouvait pas être Patate.* Elle en était certaine. Tout comme Sydney n'était pas la capitale de l'Australie.

– Tu sais, notre petit Patate se faisait un peu vieux, c'était peut-être son heure de rejoindre le ciel des animaux... continua sa mère.

Mais Gaëlle n'entendait plus, secouant la tête comme pour empêcher de s'insinuer en elle, la pensée de ne plus jamais revoir son cher félin.

– ... et on le mettra dans une jolie boîte, comme ça, tu pourras lui dire au revoir.

– Non ! Pas dans une boîte !

Il était hors de question que Patate soit enfermé dans une boîte, lui qui détestait les petits espaces et qui avait été habitué à dormir dans le confort des couettes de toutes les chambres, si bien qu'il avait eu droit à ses propres plaids.

– On va lui fabriquer une carriole ! Pour qu'il voyage au ciel, comme un vrai roi !

– C'est une magnifique idée ma chérie, reprit sa mère, tu pourras utiliser mes tissus si tu veux, et peut-être même ajouter à l'intérieur les objets préférés de Patate ?

D'un revers de la manche, Gaëlle sécha ses larmes et se mit à la recherche des objets qui accompagneraient son chat dans son dernier voyage, avec la démarche assurée d'un chef d'état-major prêt à en découdre. Elle en prit trois finalement. Une photographie sur laquelle on les voyait tous les deux planqués dans une panière à linge, la cachette favorite de Patate ; quelques friandises – celles auxquelles il avait droit uniquement le soir – et pour qu'il ne s'ennuie pas, sa souris en plastique qui n'avait plus de tête, mais avec laquelle il jouait constamment et qu'il n'hésitait pas à réclamer quand il l'avait coincée sous le frigo, ou sous les pieds du canapé. Pendant plus de deux heures, Gaëlle, la tête sous les étoffes, le crépon, la feutrine, confectionna sa carriole, goûtant à peine au chocolat chaud dont elle raffolait habituellement à son anniversaire, car sa mère y ajoutait toujours beaucoup de chantilly et des vermicelles colorés.

Quand elle eut fini, les mains pleines de colle et des bouts de scotch sur le pyjama, Gaëlle suivit ses parents dans le cimetière aux animaux, au fond du jardin, où reposaient déjà ses trois poissons Riri, Fifi et Lili (c'est elle qui avait eu la charge du choix des prénoms et avait voulu se démarquer) qui n'avaient pas survécu longtemps à la vie sous verre. Pourtant, dès leur arrivée, Gaëlle avait suivi les recommandations à la lettre et avait versé matin et soir les flocons dans le bocal qui était devenu depuis « la planète aux cailloux », un nouveau réceptacle pour tous les coquillages et galets ramenés chaque fois qu'elle partait à la rivière avec ses parents, un sac d'exploratrice sur le dos et une paire de jumelles autour du cou.

– Tu veux lui dire un dernier mot ? glissa doucement son père, après avoir déposé la carriole rafistolée au fond d'un trou qu'il avait creusé.

– Au revoir mon Patate, je ne t'oublierai jamais parce que t'es le meilleur chat de tous les chats ! Mon petit lion à moi !

– C'est vrai ça que c'était un sacré chat, murmura sa mère, en serrant fort sa fille dans les bras. Est-ce que tu veux qu'on pâtisse un peu ? On pourrait faire ce marbré, que tu aimes tant, et peut-être ouvrir tes cadeaux ? Enfin, quand tu le sentiras...

– En fait, je crois que j'ai envie de faire comme à l'école, c'est comment déjà qu'on dit le jour où on va dans le cimetière et qu'on chante la Marseillaise ?

– Le jour de commémoration.

– Voilà ! Je vais faire ça ! Une journée de *com-mo-mé-ra-tion* !

Et Gaëlle tint sa promesse. Oublié le vélo vert ! Elle ne réclama pas une seule seconde ses cadeaux, bien décidée à ne les ouvrir que le lendemain quand les hommages auraient été respectés. Elle resta dans sa chambre une majeure partie de l'après-midi, face à un puzzle géant qui représentait une mappemonde, et qui lui donnait quelques fils à retordre depuis qu'elle l'avait ramené de la ludothèque. Elle n'en sortit qu'au moment du repas, où elle ne montra pas beaucoup d'appétit, bien que son père lui ait préparé le plat qui figurait dans son top trois : des macaronis au fromage. Elle racla des bouts de fromage, piqua quelques pâtes, et refusa de toucher au marbré tant que la journée n'était pas terminée.

Au moment de se coucher, Gaëlle se mit à la fenêtre de sa chambre comme elle le faisait tous les soirs, pour dire bonne nuit à son chat qui adorait y dormir sur le rebord, un rituel instauré un soir de forte tempête où les volets avaient été ôtés et plus jamais remis : quand, après les intempéries, le père de Gaëlle avait évoqué l'idée, la petite fille avait froncé si fort les sourcils qu'il avait vite rangé cette suggestion au fond d'un tiroir à côté de tout un tas d'autres projets farfelus, comme réparer la chasse d'eau qui se bloquait un jour sur trois, ou le grille-pain qui tenait seulement grâce à un élastique.

« Bonne nuit mon Patate, fais attention à Riri, Fifi et Lili » murmura Gaëlle, envoyant à la nuit des baisers volants vers le cimetière des animaux.

C'est alors qu'à travers ses yeux brillants et les carreaux, elle aperçut une forme tout en velours, qui remontait le jardin, deux billes dans la nuit, le pelage gris illuminé par une lune claire...

« Patate !!! C'est toi ?! »

C'était bien sa grosse tête qui se frottait à la vitre maintenant, espérant que la fenêtre s'ouvre vite pour se jeter sur ses croquettes. Ce soir-là, les exclamations de joie et de surprise de la petite-fille résonnèrent dans le village, réveillant les grands dormeurs et la vieille église qui présidait le bourg.

***

Les parents ne surent jamais quel autre chat était parti dans une carriole faite de papier crépon et de rubans, mais, trop heureux de cette résurrection quelque peu surréaliste pour les athéistes qu'ils se défendaient d'être, ils rachetèrent une souris en plastique avec une tête bien vissée sur le dessus pour leur chat que le père surnommait désormais « Ze Revenant ». L'anecdote fit le tour de nombreux repas dominicaux, étoffée au fil des semaines par l'ajout de détails qui la rendaient grandiloquente et par l'entremise de la mémoire qui aimait à remodeler les souvenirs. Ainsi, quand deux mois plus tard, la grand-mère Mamita vint à disparaître, créant le premier vide dans les cœurs et les repas de famille, la petite fille, qui essayait de faire rentrer Patate dans le panier du vélo vert qu'elle avait découvert le lendemain de son anniversaire, ne versa pas une seule larme.

Non, Gaëlle ne se sentit pas triste du tout, car elle savait, comme elle savait que la capitale de l'Australie était Canberra, qu'à la nuit tombée, Mamita reviendrait, elle aussi, du cimetière. *Des humains bien sûr, pas des animaux. Elle n'était pas si bête, elle venait de faire huit ans tout de même !*

Étoile de Mère

– Bon, Axel et si tu me disais enfin la vérité ? lâcha Truman.

– Mais c'est ce que je viens de faire !

Le policier eut une pensée envers ses deux garçons, avec qui, une fois de plus, il ne partagerait pas le dîner. Il leur avait promis un burger. Maison en plus. Et lui qui pensait finir peinard ; la journée avait passé dans un calme de lendemain de mariage, quand les invités s'éternisent mais que le foie n'y est plus. Il s'enfonça un peu plus dans son fauteuil. Ça lui calait les reins. Il planta ses yeux dans ceux, francs et frondeurs, du gamin. Vol à l'étalage, entrée par effraction dans le jardin, certes public, mais fermé, altercation avec le gardien de nuit. Des bricoles, mais qui, mises bout à bout, rendaient la liste aussi chargée qu'une lettre au Père Noël.

Ils tournaient en rond. Des poissons de faïence.

Truman se sentait à court de questions, et d'intuition. Ce devait être ses fichus reins, il aurait dû suivre les conseils de son collègue Wiggins. Ce n'était pas ce qu'on appelait une lumière, mais il faisait son boulot, c'était déjà pas mal, et Wiggins connaissait bon nombre d'ostéos et autres étiopathes dont Truman aurait eu bien besoin en cette fin de journée. Il laissa échapper un soupir, qui vint ranimer l'éclat dans le regard du bambin.

– Je suis pas un menteur !

– Tu penses quoi alors de voleur, on peut se mettre d'accord de suite sur le terme, tu ne crois pas ?

– C'est pas vrai ! s'insurgea le jeune garçon.

– Et comment tu appelles quelqu'un qui vole, attends, que je relise mes notes pour que je ne me trompe pas... Des sandwichs, l'un au poulet, l'autre au thon, dis donc on ne s'en fait pas ! Mais ce n'est pas tout, on a pris le temps de fourrer dans son sac un lot de briquets et des cubes de feu ? Tu préparais quoi, une flambée de cheminée ?

– J'ai juste… emprunté, souffla Axel en baissant la tête.

– Emprunté ! Tu ne manques pas d'aplomb ! Et les sandwichs au thon-poulet ? Eux aussi, ils sont simplement empruntés ? Tu vas pouvoir les « rendre », n'est-ce pas ?

– J'avais… j'avais faim, murmura le garçon.

– Ah, mais mon petit, on vit dans une société où malheureusement, il faut payer pour pouvoir prendre de la nourriture au supermarché ! Moi aussi, si je veux me taper un œuf mayo, il faut que j'aligne les euros !

– J'avais pas assez dans ma tirelire !

– Mais ça, il fallait y penser avant ! Parce que là, avec le gardien qui était fou de colère, et les vigiles qui font un peu de zèle, je me retrouve avec ton cas sur les bras ! Et j'aimerais bien rentrer chez moi, et pas y passer la nuit !

– Je voulais rien faire de mal…

– Je te crois mon p'tit gars, mais je mets quoi dans le dossier moi ? Tu te rends compte de ce que tu as fait bon sang ? s'agita Truman, sentant une douleur encore plus aiguë lui étreindre le rein gauche.

Il savait qu'il y allait trop fort, le gamin était mineur, le père en route, et l'histoire n'irait pas plus loin, le garçonnet en était à son premier forfait. Des briquets et des cubes de feu ! Axel voulait sans doute s'amuser un peu. Qui n'avait jamais tenté d'allumer un feu dans son jardin ? Soit, pas dans un jardin public, fermé de surcroît, mais enfin, Truman avait bien dû stopper Niels, son benjamin qui avait voulu un jour cramer ses jouets en bois pour jouer au pompier. Pour que ça fasse plus réel. Il avait alors tout juste cinq ans. Il avait créé de bien belles étincelles.

Le gamin le fixait toujours, le regard comme barrière, la colère en bandoulière.

Truman repensa à Niels, que rien ne révoltait plus que l'injustice et la mauvaise poésie, et il remarqua une ressemblance troublante avec le jeune homme assis en face de lui. Il frissonna à cette idée, qu'il balaya d'une nouvelle salve de questions.

– Bon, passons pour les sandwiches. Mais qu'est-ce qui t'a pris de te battre avec le gardien ?

– Je me suis pas battu ! Il n'a pas voulu me laisser passer !

– Il a déclaré que tu lui avais donné un vilain coup de pied.

– J'étais en haut de la grille et il a essayé de me prendre la jambe, j'allais pas me laisser faire quand même ! Je l'ai même pas touché !

– Tu l'aurais insulté de jolis noms d'oiseaux !

– Même pas !!! J'ai juste dit merde, parce que quand j'ai voulu me dégager, j'ai déchiré un bout de mon pantalon et ça, c'était vraiment pas cool. Je l'avais mis exprès. C'est mon plus joli.

– Et qu'est-ce que tu fichais dans ce jardin public ?! Tu n'avais pas vu qu'il était fermé ? 18 h 30, les horaires d'hiver, ça ne te dit rien ?

– Ben si, sinon j'aurais pas escaladé, lâcha le jeune Axel.

Toujours cet aplomb.

– Tu sais que c'est une effraction ça ?

– Je savais pas qu'il y avait des horaires pour visiter la nature…

– Tu n'as pas forcément tort, mais tu saisis bien que là n'est pas la question, n'est-ce pas ? Il y a des règles dans une communauté, et on se doit de les respecter. On ne peut pas agir comme bon nous chante. Si tu veux aller au parc, t'y vas avant 18 h 30 ou tu attends l'été que les jours rallongent et les heures d'ouverture aussi !

– Ma mère m'a toujours dit que quand on veut, on peut, se renfrogna le jeune garçon.

– Ah ça, c'est un bel adage ! Je suis désolé de te jeter ça comme ça, mais ce n'est pas vrai, parfois, on veut, mais on ne peut pas. Et je crois même qu'on devrait plutôt dire que quand on peut, on veut.

– C'est pas une menteuse ma mère !

– Ce n'est pas ce que j'ai dit.

Truman souriait à présent. N'en déplaise à Wiggins, il avait trouvé mieux qu'une séance de kiné pour lui faire passer la douleur lombaire.

– Tu me fais penser à mon fils.

– Pourquoi, il aime escalader les grilles, lui aussi ?

– Non, ce n'est pas un cascadeur comme toi, non mon Niels, lui, son truc, c'est plutôt la lecture, et la poésie.

– Comme mon père quoi.

Truman sentit une brèche. Le garçon baissait enfin la garde.

– Ah, ton père est aussi un poète ?

– Ouais, enfin, pas vraiment, il n'en écrit pas. Mais il est toujours la tête dans ses poèmes. Le matin, le soir, il est là avec ses livres, il ne parle pas, ou alors, il récite des phrases. C'est comme s'il me voyait même pas.

– Et c'est pour ça que tu as pris la poudre d'escampette ?

– Pff, je suis sûr qu'il s'en est même pas rendu compte…

– Il ne va pas tarder, il était au contraire très inquiet.

– Qu'est-ce que vous en savez d'abord ?

– Je sais ce que c'est d'être père. Et d'avoir un garçon qui se sent délaissé. On fait des bêtises, on veut tester les limites…

– Rien à voir ! Je voulais pas tester les limites ! Moi, ce que je voulais surtout, c'est qu'il redevienne comme avant ! Avant de devenir ce... zombie qui répète ce qu'il lit, qui ne voit plus que la poésie...

– Il y avait sûrement d'autres moyens non, moins risqués ? Qui t'évitent une virée dans un parc fermé, puis dans un commissariat ? Qu'est-ce qu'elle en pense ta mère ?

– Mais vous captez rien en fait. C'est justement ce que je voulais savoir ! Pour qu'elle m'aide ! Mais comme à chaque fois, elle me répond pas, eh ben, j'ai cherché sur internet comment communiquer avec elle.

– Sur internet ?

– Si on cherche bien, on peut tout trouver sur la toile. C'est sur *Wikihow* que j'ai lu que le feu, la fumée, tout ça, c'était le meilleur moyen pour envoyer des signaux.

– Sur Wikihow ? Des signaux !??

Truman commençait à penser que l'avancée en âge n'était pas seulement une affaire de douleurs qui vous tombaient d'un coup sur des muscles que vous n'aviez jamais remarqués.

– Je vous le dis depuis le départ, vous n'écoutez pas ! Ma mère m'avait promis avant d'aller tout là-haut que je pourrais lui parler quand je voulais, qu'il faudrait juste attendre la nuit, pour qu'elle brille bien et qu'elle puisse me répondre. J'espérais juste qu'elle m'aide… pour que mon père soit à nouveau lui-même ! Parfois, je lui en veux tellement d'être devenue… Ça la faisait rire ce jeu de mot, elle disait que c'était très joli d'être une étoile de mère… Mais en fait, c'est pas tous les jours joli. Des fois, c'est même super moche.

De grosses larmes roulaient maintenant sur le visage d'Axel. Alors Truman, imaginant son fils Niels seul face à l'immensité du ciel lacté, chercha un mouchoir dans son tiroir, pour couper l'élan d'aller serrer dans ses bras, ce garçon qui lui disait depuis le début la vérité.

Sa vérité, celle d'un fils qui souhaite seulement, à travers la mer étoilée, pouvoir parler à la sienne, de mère.

L'os de Noël

M. Bitter n'avait pas ce qu'on appelle « l'esprit de Noël ». Les téléfilms dans lesquels la fin était aussi surprenante qu'une partie de dominos, très peu pour lui. Les concours d'illuminations de maisons, à se demander qui paierait la plus grosse facture d'électricité, étaient selon lui, parfaitement stupides, et en ces temps de réchauffement climatique, complètement écocides. Non pas qu'il soit particulièrement réceptif à l'avenir de la planète, mais cela lui fournissait un argument supplémentaire pour alimenter la répulsion qu'il éprouvait à l'encontre de cette fête de Noël. Il ne partageait tout simplement pas cette effervescence qui semblait gagner les cœurs des gens et vider leurs neurones. Se plier en quatre pour dépenser un argent qu'on n'avait pas pour de la famille qu'on n'appréciait pas, mais que l'on se coltinait une fois l'an durant le sempiternel repas où l'on sortait de la belle argenterie de grand-papa, alors que si l'on réfléchissait bien, le chapon n'était qu'un gros poulet... Non, M. Bitter n'avait pas ce qu'on appelle « l'esprit de Noël ».

Aussi, lorsqu'un soir où il sortait sa poubelle, en maugréant, parce qu'il avait failli oublier que le lendemain, c'était le jour de ramassage, qu'il était déjà en chaussons et en pyjama, et qu'il avait dû enfiler son manteau puisqu'on se les gelait en ce 23 décembre, il ne remarqua pas tout de suite le bruit étouffé qui s'échappa du conteneur à déchets, tout occupé qu'il était à pester contre le froid et ce système de poubelle qui vous commandait quand on devait déposer ses ordures. C'est seulement quand il souleva la poubelle, pour la jeter à l'intérieur, qu'il perçut des petits couinements qui provenaient du conteneur qu'il venait d'ouvrir.

« Qu'est-ce que c'est que ce bazar encore ?! »

Il tendit l'oreille, et crut reconnaitre des... jappements.

« Que le diable m'emporte ! »

M. Bitter lâcha aussitôt sa poubelle et se pencha vers le conteneur. Un sac noir était déposé au fond. Un sac qui bougeait... et jappait, il n'y avait plus aucun doute. Avec une grâce toute relative pour un homme de son âge – soixante-six ans, sans aucun traficotage au compteur – il réussit à extirper le sac et se demanda si son heure d'aller à l'asile n'était pas venue, ainsi sur le trottoir de son petit cottage anglais, avec son pyjama et sa poubelle ; un pauvre bougre tout juste retraité, qu'en vérité, personne ne regretterait. Et la retraite n'était pas à blâmer.

Même « actif », M. Bitter avait soigneusement évité que toute relation professionnelle ne devienne amicale – à son pot de départ, seul son chef lui avait adressé des remerciements, avec un sourire crispé, et les autres collègues avaient seulement fait acte de présence car le patron, comme pour tout départ à la retraite, avait offert un petit buffet avec de très bons petits fours. Quant aux amis, il avait essayé jusqu'à l'université, mais l'humiliation de voir son meilleur ami folâtrer avec sa petite amie de l'époque, une doctorante en littérature comparée, à qui il avait acheté une belle bague de fiançailles, que M. Bitter avait d'ailleurs montrée à ledit ami qui avait osé remarquer que le diamant était un peu petit – comme s'il avait suivi tout à coup des cours de joaillerie et non de biologie ! – l'avait à jamais dissuadé de recommencer.

Ainsi, lorsqu'il ouvrit le sac, et qu'il en sortit un petit chiot pas plus grand qu'un coude, il ne fut pas vraiment attendri. Il ressentit plutôt de la colère. Comment l'humain qui se targuait d'être si grand pouvait-il commettre des actes si petits ?

D'aucuns auraient pris cet incident pour un signe du destin qu'ils auraient auréolé de mystère au fil des années, transformant la rencontre en intuition quasi mystique qu'il fallait sortir la poubelle ce soir-là spécifiquement, même si d'habitude, on la sortait plus tôt, ou seulement lorsqu'elle était plus pleine, un véritable miracle de Noël... Mais M. Bitter prit ce curieux événement comme il prenait la vie en général, comme une suite de journées qui doivent se passer, avec plus ou moins de désagréments, parce qu'enfin quoi, il était en vie et qu'il fallait bien vivre. Ainsi, M. Bitter se révéla pragmatique.

Si des humains étaient capables d'abandonner un chien, il ne pouvait compter sur personne d'autre que lui-même pour aider cette boule de poils qui en vérité, ne ressemblait pas à grand-chose. Il fit tout ce qu'il avait à faire, et lorsque le vétérinaire lui demanda le prénom du chien, M. Bitter se trouva fort décontenancé, il n'avait jamais eu d'animaux domestiques, à part une gerbille qu'il avait gagnée à une foire, qu'il avait appelée « Gerbille » les trois pauvres jours où elle avait survécu avant de s'échapper de sa cage trop petite empruntée à une voisine, car ses parents avaient veillé jusqu'à leur mort à ne jamais avoir d'animaux de compagnie sous leur toit, *déjà qu'un enfant, c'était une sacrée dépense côté nourriture, alors, des croquettes, fallait pas y penser, ce n'était pas la soupe populaire non plus.*

Ainsi, il appela le chien « Dustbin[5] », car s'il y réfléchissait bien, cela suivait une certaine logique, c'était là où il l'avait trouvé, ce n'était pas plus ridicule que Casanova ou Isidore ; de toute façon, il ne comprenait pas bien ce besoin des humains de nommer leur chien, comme s'il leur appartenait et qu'ils devaient clamer cette

---

[5] *« Dustbin » en anglais se traduit par « poubelle ».*

possession au monde entier. Il apprit que Dustbin était ce qu'on appelle un bâtard, mais qu'il tenait du Cavalier King Charles Spaniel. M. Bitter n'y connaissait rien en races canines et pensa que quand même, les humains étaient très pompeux, et que c'était très long comme nom de race. Surtout que Dustbin, King Charles ou pas, avec ses taches noires et marron difformes, n'était pas un chiot très joli à regarder.

    La cohabitation se fit étrangement les premiers jours, M. Bitter un rien désarçonné par la fascination que lui portait Dustbin. Le chiot ne le quittait littéralement pas des yeux et le suivait partout. Au début, M. Bitter s'inquiéta un peu. Râla beaucoup. C'est qu'il ne pouvait même pas aller au cabinet : Dustbin se mettait à japper dès qu'il ne le voyait plus ! Puis M. Bitter fit comme il avait toujours fait, il haussa les épaules et se mit à laisser la porte des toilettes ouverte… sans cesser de pester. Ensuite, il laissa monter Dustbin sur son lit, seulement pendant la sieste, puis toute la nuit… grommelant au coucher comme au réveil.

    Il autorisa Dustbin à sortir, mais uniquement dans son petit carré de jardin, mitoyen à tant d'autres carrés mitoyens qui avaient la particularité de ne pas en avoir justement, petits bouts de vert qui ne payaient pas de mine, mais que les agents immobiliers paraient des plus grandes vertus, futures cabanes pour les enfants, salon de jardin pour les parents, potager pour les grands-parents, avec véritables tomates, pas comme celles que l'on vendait toute l'année au supermarché, fades et rouges comme un ancien programmateur télé ! M. Bitter, qui dans le parc, n'avait jamais aimé les chiens qui couraient comme des dératés après un bâton et encore moins leurs maîtres qui leur criaient après comme des demeurés, commença à lui lancer un bâton, une fois puis deux…

Un jour, M. Bitter décida que le carré de jardin devenait petit, Dustbin, n'était pas bien grand ni gros, mais on ne pouvait décemment pas vivre dans le quartier sans avoir admiré les horribles maisons voisines et c'est ainsi qu'il commença une routine de journées faites de balades, qu'il pleuve ou qu'il vente, M. Bitter rouspétant après les voitures qui roulent trop vite, ou après les humains qui s'arrêtent pour admirer ce chien pas comme les autres, une boule de poils noir et marron sur pattes malhabiles.

Avant qu'il ne s'en aperçoive, une année avait déjà passé, et M. Bitter ne s'étonna pas vraiment, lorsque le jour de Noël, il désira offrir une gourmandise à Dustbin, un bel os à mordiller, qu'il trouva dans un magasin spécialisé – surtout spécialisé dans l'arnaque et le surcoût de produits selon lui – et qu'il offrit, non sans une certaine émotion, à Dustbin.

« Tu rêves pour que je te souhaite Joyeux Noël ! » souffla-t-il.

Mais, devant les frétillements heureux du chien, M. Bitter dut se mordre la lèvre pour ne pas laisser échapper de meilleurs vœux intempestifs qu'il s'était toujours juré de ne pas prononcer, en tout cas, plus depuis cette affreuse soirée de Noël où il avait surpris sa future fiancée et son meilleur ami en train de concevoir le divin enfant sur le sofa, alors qu'il était parti se coucher après une huître mal passée et qu'il avait eu la merveilleuse idée de se lever pour prendre un cachet ! L'aspirine n'avait pas quitté le tiroir de la cuisine, le mal de tête, comme les deux galants, avait aussitôt disparu.

Et tous les ans depuis, M. Bitter, qui n'avait jamais eu « l'esprit de Noël », retournait dans ce magasin qu'il traitait de tous les noms – parce qu'autant de livres sterling pour un os à mordiller, il fallait se ficher du monde – l'enrubannait de rouge, car c'était la couleur préférée de Dustbin – il avait dû être un taureau dans une autre vie – et il le lui offrait en faisant mine de grommeler devant l'impatience du chien qui jappait toujours plus fort, et qui manquait tout renverser sur son passage, une véritable avalanche de poils noirs et marron.

Puis un soir de Noël, leur huitième ensemble, M. Bitter s'approcha de Dustbin pour lui donner son os de Noël, ce fameux os que M. Bitter avait été chercher chez ces voleurs du magasin animalier, sur lequel se jetait chaque année la boule de poils aux taches marron et noire qui avait du Cavalier King Charles Spaniel en lui, ce fameux os tomba au sol avant même que M. Bitter ne puisse lui enlever le ruban et Dustbin alors, Dustbin qui avait attendu toute la journée pour son présent, Dustbin, le chien gourmand, le chien impatient, se jeta sur M. Bitter qui venait de tomber, lui aussi, comme un vulgaire os de Noël.

Dustbin se mit à lécher le visage de son maître, à le mordiller, pour le réveiller, pour le faire réagir, parce que si Dustbin aimait les os de Noël, c'est parce qu'il aimait par-dessus tout, celui qui les lui offrait. Et comme M. Bitter ne bougeait pas, Dustbin se mit à hurler tant et si fort que le voisin, qui était sorti pour mettre sa poubelle dehors même si ce n'était pas le jour du ramassage (*mais enfin chéri, tout le monde sait que les restes de fruits de mer, ça embaume toute la maison*) s'inquiéta d'entendre de tels aboiements parce qu'il connaissait le chien, un toutou au pelage qu'un dresseur fantasque qualifierait de foufou, mais qu'on n'entendait jamais aboyer. Sans réfléchir davantage, il laissa là son sac-poubelle rempli de carapaces de crevettes et composa le 999.

Lorsque quelques instants plus tard, les pompiers louèrent le voisin pour son acte de citoyenneté, celui-ci leva les bras et montra la boule de poils noir et marron qui attendait, sur le perron, le retour de son maître.

— Bien, ça, c'est un bon chien, il a mérité un bel os de Noël ! s'extasia l'un des deux pompiers.

— C'est qu'il doit avoir un bon maître… suggéra le voisin, qui se rendit compte qu'il en savait bien peu sur M. Bitter, et bien plus sur son chien.

— En tout cas, pour sûr qu'il s'en souviendra de cette soirée ! renchérit le deuxième pompier qui aurait une jolie histoire de miracle et de Noël à raconter au souper.

***

M. Bitter, lui, quand il rentrerait chez lui, prendrait cet évènement comme on prend un manteau un jour de pluie. Son heure n'avait pas encore sonné, voilà tout.

Mais le Noël d'après et tous ceux qui suivraient, après avoir offert l'os de Noël à Dustbin (un os beaucoup plus gros qu'auparavant, qu'il payait sans sourciller), M. Bitter et son chien partiraient tous les deux passer Noël chez les voisins.

Il se chuchote même dans le quartier aux cottages juxtaposés et aux jardins carrés, que M. Bitter marmonnerait « Joyeux Noël ».

Printemps

« La fantaisie est un perpétuel printemps » Johann Christoph Friedrich Von Schiller

Calme avant les tempêtes

– Et les vaches, comme elles étaient mignonnes ! Hautes comme ça ! Et leurs yeux si doux ! On aurait dit des biches ! Puis, on a bien mangé !

Il ne répond pas. Il repense à la *jacket potato*, une immense pomme de terre garnie – complètement engloutie en vérité – de fromage fondu, et aux haricots infects de leur *English breakfast*. Comment un peuple si raffiné, qui avait tout de même enfanté la reine Elizabeth II et les scones aux myrtilles, pouvait-il associer des haricots à de la saucisse pour débuter une agréable journée ? Les deux regardent à travers la vitre la terre ferme qui se rapproche, et la question s'envole. Ricoche.

Il se voit, les traits tirés, les yeux grisés, engoncé dans sa veste coupe-vent, c'est qu'il a même un peu froid ! Pourtant, la climatisation n'est pas enclenchée. Il n'y a pas grand-monde dans le bateau du retour. Ça lui va bien. Il ne supporte plus trop la foule. À l'aller, ils étaient assis à côté d'un jeune couple et d'un nourrisson un peu braillard. Heureusement, il n'y avait eu qu'une heure et demie de trajet. Mais en quittant le ferry, il avait résisté à l'envie de leur souhaiter à tous les deux bon courage et de les taquiner, ce n'était que le début !

Il soupire.

Révolue l'époque où ils voyageaient loin, avec un sac à dos, à dormir sur des matelas durs et pas plus épais qu'un dollar dans des chambres sans fenêtres. Terminés les voyages au long cours en van à se lever quand les rayons du soleil viennent frapper la vitre du fourgon aménagé. Au placard, les folles aventures, les randonnées à l'aube, les soirées près du feu, la vue des ours sur les bas-côtés, les crises de rire (et de foie) et les moments de panique au beau milieu du *Nullarbor*.[6] Ou de Nulle Part. Cela revenait au même : en latin, *Nullarbor* signifiait « sans arbre ». Un nom on ne pouvait plus adéquat pour cette plaine de l'Australie. 1 200 kilomètres de traversée, les yeux grands ouverts pour ne pas rater la prochaine station-service et éviter les kangourous qui bondissent.

Maintenant, ils ne partent plus sans avoir vérifié en amont le confort et la taille du matelas sur *Booking.com*. C'est fou ce que permet de faire Internet ! Un commentaire sur un serveur mal luné sur TripAdvisor, et le restaurant perd des étoiles et ses clients. Ils passent, de plus en plus, eux aussi, par les agences en ligne. Il faut bien vivre avec son temps... De toute façon, il ne peut plus conduire, avec son arthrose, il finit toujours crispé comme lorsqu'il déclare ses impôts. Et elle, elle n'a jamais su. Enfin, ça, c'est ce qu'il ne cessait de répéter quand ils échangeaient le côté passager. Au quart de tour, elle partait !

« Ben, tu n'as qu'à prendre le volant si tu n'es pas content ! »

Ils ne se chamaillent plus désormais, ils prennent le bus. Plus très loin. Souvent en France. Parfois en Espagne. *San Sébastien is the limit*. Ou comme aujourd'hui à Jersey, où un simple week-end prolongé se transforme en véritable épopée.

---

[6] *Le Nullarbor est une plaine d'Australie d'environ 200 000 km².*

Est-ce donc ça la vieillesse ? Un sac-banane à la taille et l'impression de grimper l'Everest quand on monte dans un ferry ? Y songe-t-elle aussi, en face de lui ? À tout ce qui est déjà fini ? À ce grand tout indéfini ?

Elle lui sourit, comme si elle lisait dans ses errances de poète.

– Et les vaches, tu as vu comme elles étaient belles ? On dirait des biches, non ? Qu'est-ce qu'on a bien mangé surtout !

Il frémit. Il la regarde dans sa veste jaune, avec ses grosses boucles d'oreille en toc qu'elle avait fièrement négociées en Indonésie pour une somme si ridicule que la jeune vendeuse avait étouffé un fou rire en lui tendant aussitôt un petit paquet. Tant d'années de compagnonnage – il avait tenu à ne jamais l'épouser, une fierté à la Brassens – qu'il avait cessé de compter et le nombre de fois où elle s'était fait arnaquer, et le nombre d'anniversaires célébrés à ses côtés.

Il pose sa main sur la sienne en guise de réponse.

Il ferme les yeux. Oh, ça n'avait pas été un long fleuve tranquille, ils avaient parfois nagé en eaux troubles. C'est qu'il fallait la suivre, cette matelote ! Il se prend à regretter leurs disputes dans la voiture, les cartes dépliées, les CD mal rangés, les chips écrasées sur le siège passager. La mer est d'un calme.
Rejeter ces idées. Se laisser aller et bercer par le ballottement des flots. Embrasser cette sérénité. Avant de rejoindre la terre ferme. Au fond, il sait comme il redoute, que c'est le calme avant les tempêtes.

C'est la troisième fois qu'elle lui pose la question, et elle attend la réponse comme si elle ne l'avait pas entendue auparavant.

La tête de veau

— De la tête de veau ? a glissé la tante, Laurette, qui tendait déjà la main vers l'assiette de Lucas, le petit dernier de la famille, qui avait tout de même presque vingt ans au compteur, mais que l'on traitait toujours comme s'il venait à peine de faire ses dents, les deux grands frères étant partis depuis longtemps et revenant au bercail en tout et pour tout deux semaines par an.

— C'est-à-dire que maintenant... je suis végétarien.

D'un coup d'un seul, toutes les fourchettes ont cessé leur fonction première, celle de *fourchetter*. Un silence s'est installé autour de la tablée. Les regards se sont croisés. Des têtes se sont baissées. Était-ce du lard ou du cochon ? semblaient se demander certains, légèrement indécis. Était-ce du tofu ou du seitan ? avaient l'air de reprendre d'autres, nettement plus précis.

Chez les Gordeaux, famille de bouchers de génération en génération, le petit Lucas aurait pu annoncer vouloir s'installer au Bhoutan pour goûter aux joies du Bonheur Intérieur Brut qu'il n'aurait pas provoqué un tel raz de marée. Une vague de silence.

— Ah, mon petit Lucas, toujours le mot pour rire ! Passe-moi donc ton assiette, que je te serve de la tête, avec le plein de sauce ! a répliqué la mère, réagissant la première à ce mutisme général qui n'était pas dans les habitudes dominicales de la famille Gordeaux, une famille au sein de laquelle on avait l'impression de passer un bon repas lorsque tout le monde avait pu parler plus fort que son voisin.

— Non merci, vraiment. Je ne mange plus de viande, a insisté Lucas.

Les yeux se sont faits plus ronds. Dans ceux de la mère, on y percevait du trouble. Dans ceux du père, de l'incrédulité. Comment pouvait-on dire adieu au gras double ?

— Ah, voilà que notre Lucas s'est transformé en citadin, a jeté d'un air mauvais le paternel, appuyant très fort sur le dernier mot, propulsant celui-ci directement sur le podium des insultes, juste derrière quinoa et protéines de soja.

— Tu es un peu barbouillé peut-être mon chéri, ça doit être le voyage, a suggéré la mère, s'efforçant de détendre une atmosphère aussi pesante qu'un rendez-vous pour une première coloscopie ; comme si un simple trajet Paris-Clermont pouvait causer des maladies comme le végétarisme, une suggestion de la mère qui, à voir les propositions du wagon-bar du train, n'était pas tout à fait à côté de la plaque.

Les fourchettes ont recommencé leur balai, leurs propriétaires décidant de pencher vers l'explication de la mère, bien plus probable que celle, loufoque, qu'un garçon comme Lucas, du terroir, comme eux, biberonné au lait de vache sorti de la mamelle, couvé au milieu des civets, baptisé presque au sang de gibier – un sanglier avait traversé la route en chemin pour la cérémonie – se détourne de la barbaque, lui, qui avait été sacré plusieurs fois champion au concours de l'omelette au boudin ! C'est certain, il avait dû se passer quelque chose dans le train.

— Cela fait plus de six mois maintenant, a avancé Lucas, la confiance qu'il avait tenté d'acquérir face au miroir de son petit studio, que d'aucuns s'amusaient à appeler studette, quelque peu ébranlée par l'absence de réactions – colère, dédain, moqueries, il s'était préparé à tout – une absence de réactions qu'il n'avait pas une fois envisagée lors de ses répétitions.

— Qu'est-ce que c'est que ce merdier ? a finalement grommelé le père en enfournant une monstrueuse bouchée de pain dans la bouche.

— Laurette, tu veux un peu plus de rouge ? a demandé la mère, qui détestait les conflits – surtout devant sa belle-sœur – et pour qui l'alcool, plus que la musique, adoucissait les mœurs.

— Bah ! C'est de leur temps, à ces jeunes, a tenté de temporiser Laurent, le mari de Laurette, un oncle affable qui avait vu cela comme un signe, que la fille du voisin s'appelle Laurette, et qui l'avait demandée bien tôt en épousailles, parce qu'enfin, au-delà de ce détail somme toute trivial, sa tête était bien faite ; un oncle donc sympathique qui prenait le train comme il roulait, et que l'on entendait habituellement très peu dans les repas de famille et pour cause ! L'on ne se frottait pas si aisément à la famille Gordeaux.

— C'est de leur temps ? C'est de leur temps ? Jamais entendu pareille connerie ! Excuse-moi, Laurent, mais à son âge, je ne me permettais pas de la ramener et de refuser un plat ! Une belle tête de veau qu'on lui sert ! Un dimanche en plus !

— Doucement, Charles, tu te rappelles ce que le docteur t'a dit... a murmuré la mère, paniquant à l'idée de voir le repas du midi gâché par une tête de veau, plat qu'en vérité, si elle n'avait jamais osé le dire haut et fort – ni bas et doucement, nul besoin de préciser – elle n'avait jamais réellement apprécié, non pas par sentimentalisme, mais parce que peu importait le sel qu'elle y jetait, le plat restait à ses yeux, assez insipide.

— Ne me dis surtout pas ce que je dois faire ! Ça commence à bien faire ces histoires ! Entre le docteur, les clients, ma femme, et maintenant mon fils ! Mon propre fils ! Qui n'ose plus manger de la viande sous mon toit ! Qui n'est même plus foutu d'honorer un veau !

— Du moins sa tête, a repris Laurette, qui était cruciverbiste du dimanche – littéralement, car c'était là son seul jour de repos – et qui avait toujours été pointilleuse sur le lexique.

— De quoi ? Qu'est-ce qui te prend à toi, Laurette, pour que tu l'ouvres comme ça ? a crié le paternel, en enfonçant une nouvelle énorme bouchée de pain.

— Je n'apprécie pas que tu lui parles comme ça, Charles, a glissé l'oncle Laurent, surpris de sa propre audace à défier son beau-frère, attribuant au verre de vin qu'il venait de terminer cul-sec, sa soudaine velléité.

— Je lui parle comme je veux à ma sœur ! On ne t'a pas demandé ton avis ! l'a rabroué le père, en prenant rageusement une autre tranche de pain de campagne.

— Charles, je crois que... a tenté de s'interposer la mère, qui connaissait, pour les avoir côtoyés de bien près ces quarante dernières années de hasardeux mariage, les symptômes latents de la colère prête à pourfendre les airs.

Hélas, savoir ne suffit pas toujours : le paternel était déjà en pleine lancée, à califourchon sur son rouleau-compresseur familial, sans frein à main.

— PERSONNE NE ME DIRA CE QUE JE DOIS FAIRE SOUS MON TOIT ! PERSONNE ! VOUS M'ENTENDEZ ??! C'EST CHEZ MOI ICI ! DÉBARRASSEZ-MOI TOUS LE PLANCHER DE MA BARAQUE AVEC VOS MORALES À MORDS-MOI-LE-NŒUD-PAPILLON ! QU'ON ME LAISSE FINIR TRANQUILLE MA PUTAIN DE TÊTE DE V...

Le pain, un morceau épais comme un pneu, s'est coincé dans la gorge. Le père a écarquillé les yeux. La mère, la tante Laurette, l'oncle Laurent aussi. Lucas, le petit dernier, a sauté de sa chaise, et a fait ce qu'il avait appris à faire dans son école d'infirmiers à

Paris, cette fameuse école qui l'avait incité, comme ses deux grands frères avant lui, à quitter le nid pour s'envoler sur le chemin de la connaissance...

Le pain a rejailli. Paf. Sur la tête de veau !

Sur le visage du paternel, le teint a débleui.

« Mon fils, mon fils chéri ! » a hurlé le père.

Dans la famille Gordeaux, le sujet du végétarisme du petit Lucas n'est plus jamais revenu sur le tapis. Ni la tête de veau sur la table. Le dimanche, lors des rares vacances où Lucas et ses frères reviennent tous trois de Paris, trône désormais, dans un joli brouhaha, un beau plat de lentilles.

Le chant des coquecigrues

Igor Björgen avait toujours vécu dans sa ville natale.

Natalement, il venait d'une petite bourgade reculée du nord de l'Islande.

L'Islande, pays rêvé par les touristes en mal d'exotisme et en soif d'aventures.

Des aventures que les « courageux » en sac-à-dos acceptaient de vivre une semaine, voire, pour les plus téméraires (financièrement), tout un mois.

« Moi, ça me fait bien rire » pensait Igor.

Igor, lui, du soir au matin, devait s'occuper de son élevage de coquecigrues.

« Coquecigrues de père en fils » clamait-il fièrement.

Sa fierté, c'est tout ce qu'il lui restait, élever des coquecigrues, c'était pour le moins incongru.

Incongru, sans doute, pour tout étranger à l'âme du pays, où les températures avoisinaient les 0 degrés.

0 degrés, ce n'était pas rien, ce n'était pas beaucoup, fallait supporter, c'était pareil pour les poulets.

Les poulets – ces diables coquecigrues ! – arboraient une plume douce et robuste ; il en fallait, de la douceur, suffisamment pour en farcir des duvets, et de la robustesse, pour se dresser face aux vents jamais tempérés.

Du tempérament, aussi, pour pas se laisser aller à paresser, encore moins trépasser dans ces paysages grandioses à l'horizon somme toute morose.

Morose, il l'est un peu ce matin Igor. Ilya, le voisin, un ailurophile – surtout des chats roux, dont la couleur tranchait dans le paysage, été comme hiver – implanté depuis qu'Igor avait repris le commerce des becs à foin de son père, lui a annoncé, comme on donne la météo, qu'il avait enfin obtenu un poste mieux payé, qui se trouvait dans une région que le soleil choyait.

Choyé pourtant, Igor l'avait choyé Ilya, comme ses coquecigrues, si ce n'est plus, il avait du mal à le dire et même à le penser, mais Igor, s'il avait repris le business du paternel avec une vaine fatalité, l'avait poursuivi avec une certaine célérité lorsque Ilya était devenu son voisin.

Voisins, ils ne le seraient plus. Amants non plus. Igor n'avait jamais dit tout haut ce qu'il pensait tout fort, son père avait été un taiseux, et Igor avait hérité de ce trait de caractère au même titre que sa volière.

Volière et mégalomanie n'avaient jamais été de bonnes compagnes : et même si elles l'étaient, qui donc pourrait, coq aigre parmi les coquecigrues, être entendu ?

Entendus, les pas d'Ilya une dernière fois, ressentis les murmures de ces instants qui s'envolent, comme autant de coquecigrues qui, découvrant enfin leurs ailes, abandonneraient Igor, sa ferme, sa volière.

Volière vide, pleine de promesses sans plus de lendemain, cœur rempli d'un chagrin aussi abrupt, aussi brutal, aussi sec que les montagnes de ce nord de l'Islande, que les touristes aiment tant visiter, mais encore plus déserter.

Déserté, Ilya. Dévasté Igor.

Igor reprend sa fourche, Ilya est déjà loin, c'est l'heure de nourrir ces becs à foin[7].

---

[7] *Texte écrit pour un défi d'écriture sous la contrainte de l'anadiplose, une figure de style qui répète la fin d'une proposition et le début de la suivante. « ailurophile » (amateur de chats) et « coquecigrue » (animal chimérique) devaient être de la partie : la coquecigrue s'est transformée en poulet islandais.*

Le bout des charentaises

Il existait deux types de personnes selon Pierrot Rabbit. Celles et ceux qui adoraient les fêtes de Pâques, les chocolats multicolores, les œufs qu'on décore, les agneaux qu'on dévore... Et les autres.

Pierrot Rabbit se targuait d'appartenir à la seconde catégorie, sur qui glissaient toutes ces injonctions à la « tradition », mot que le marketing s'était approprié, selon lui, afin de faire fondre les stocks de chocolats : Noël, St Valentin, Pâques, fête des grands-mères ou du beau-papa, ne cherchez pas, offrez du chocolat !

C'est ainsi que chaque année, à cette période où tous s'extasiaient devant cocottes et papillotes, Pierrot se retirait du monde pour relire un classique des grands de ce même monde. Ce mois-ci, d'humeur un peu taquine, il avait sélectionné parmi sa collection d'essais, d'anthologies et de volumes sous format omnibus, le Capital de Karl Marx. Pierrot Rabbit caressa la couverture tant aimée, renifla les pages dont l'odeur, mélange d'ancien et de sacré, n'était pas encore évaporée. Ah ! Des heures de plaisir, sa papillote pralinée à lui...

TOC TOC !

Surpris par le bruit, Pierrot en fit tomber le livre sur son pied droit. Il poussa un cri et constata comme les pensées de Karl Marx pouvaient peser lourd. Pierrot Rabbit se pencha pour récupérer l'ouvrage et se frotter le pied à travers la charentaise. La voix de son père lui revint aussitôt en tête : « Il n'y a pas plus grand bonheur qu'une paire de chaussons après un dur labeur ». Pour sûr, le paternel avait le sens de la formule et des choses simples.

TOC TOC TOC !

Pierrot frémit. Il n'attendait personne. Le facteur était déjà passé, il lui avait même offert un café, beaucoup trop amer d'ailleurs, le facteur avait failli s'étouffer – il n'avait pas dû faire attention le matin en versant les cuillères dans la cafetière. Roger, son frère, ne venait jamais le voir en semaine, même s'il habitait à cinq minutes de chez lui, montre en main, avec et sans embouteillage. Roger avait dix ans de moins que lui, et une vie qu'il aimait à lui faire croire, bien plus remplie, parce qu'il possédait une société à son nom. Oswald, son voisin avec qui il aimait à jouer aux cartes en citant Descartes, était parti en vacances, dans un séjour tout compris, en Tunisie ou en Turquie, il n'avait pas tout saisi... Selon ses calculs – il avait toujours aimé les nombres même s'il avait suivi des études en sciences humaines, au grand dam de son père, qui en dehors de médecine, ne jugeait aucun métier honorable – il n'y avait donc aucune raison, pensa-t-il en reposant le livre sur la table du salon et en se rapprochant de la fenêtre, de voir sur son perron...

Une créature à deux jambes, deux bras, deux nattes.

Pierrot Rabbit se figea.

– Je sais que vous êtes là.

La créature possédait non seulement deux jambes, deux bras, deux nattes, mais aussi… une langue !

Décontenancé, Pierrot Rabbit se saisit du premier objet qu'il trouva à sa portée et ouvrit la porte à la volée, un balai dans les mains.

Devant lui, se tenait la fille des voisins d'en face, qu'il avait déjà vue rentrer de l'école, parfois sur un skate très long, parfois sur un vélo trop grand, mais toujours seule.

— Elle ne marche pas votre sonnette, déclara la petite fille sans sourciller devant l'arme à frange de son hôte.

— Ah. C'est peut-être bien qu'il y a une raison ?

Il avait envie de poursuivre en expliquant qu'il n'avait jamais fait réparer la sonnette, pour éviter de mauvaises surprises sur son paillasson. Il n'en eut pas le temps.

— Oui, il y a toujours une raison, c'est ce que ma mère s'évertue à dire. Peut-être que vous n'avez pas relié le circuit électrique. Ou alors, vous avez tout bonnement coupé l'alimentation en électricité. Ce qui paraîtrait moins plausible qu'avoir grillé un fusible.

— Est-ce que pour cela que tu as traversé la rue, pour me parler de ma sonnette ? Je te remercie, mais je vis très bien sans.

— Vous faites le ménage ? demanda innocemment la fille comme si elle ne savait pas interpréter les signes de l'agacement latent chez un adulte.

— Le ménage ? Pourquoi donc…

— Votre balai dans les mains. Trois hypothèses possibles, dont une plutôt improbable : a) Vous faites des tâches ménagères, après tout, c'est le printemps, et on dit bien faire le ménage de printemps. b) Vous avez passé l'hiver dans un autre pays, sûrement ensoleillé (l'inverse serait un peu stupide à mon avis) et enfin rentré chez vous, vous en profitez pour nettoyer les toiles d'araignées (il y en a sûrement beaucoup). c) Vous souhaitiez me faire peur quand vous m'avez aperçue à travers la fenêtre. Mais franchement, je ne vois pas pourquoi un adulte aurait peur d'un enfant, c'est plutôt le contraire d'habitude. Il fait sombre chez vous, enchaîna la petite fille en pénétrant dans le salon.

Pierrot Rabbit posa le balai contre un mur, cherchant une réponse qui n'eut pas même le temps de se former dans son esprit.

– C'est ma mère qui m'envoie.

– La dame avec son parapluie à pois, même quand il ne pleut pas ?

– Exact, *le cat*. C'est parce qu'elle ne supporte pas le soleil, le parapluie. Je sais, ma mère est bizarre. Mais, ce n'est pas le problème. En tout cas, pas celui du jour.

Pierrot Rabbit se surprit à sourire. Combien de fois avait-il lui aussi pensé que son père était étrange, installé dans son canapé, comme si rien ne pouvait l'atteindre, sourire béat sur les lèvres, charentaises sur la table basse ? Était-ce dans l'ordre du monde, d'admirer la moitié de sa vie son paternel et de passer la moitié suivante, en guerre éternelle, contre ses manies et ses lubies ?

– Voilà, ma mère pense que je suis introvertie, que j'ai du mal à me faire des relations amicales et elle a peur que ça me joue des tours l'année prochaine au collège. Du coup, elle essaie de m'aider à « développer mes compétences psychosociales », ajouta la fille en couronnant ses propos de guillemets.

– Je vois. Et qu'est-ce que je viens faire dans tes compétences psychosociales ?

– Ne riez pas. Je dois vendre des tickets de tombola à l'école. Je sais, les adultes manquent cruellement d'imagination. Personnellement, je déteste faire ça. Mais ma mère pense que c'est une excellente manière de me « socialiser » expliqua-t-elle en utilisant à nouveau ses doigts comme des guillemets.

– Tu sais que tu n'as pas besoin d'inventer tout ceci pour soutirer de l'argent aux petits vieux et faire gonfler la cagnotte de ta tombola ?

– Je sais. Mais, ne vous en faites pas, je n'en ai pas vraiment après votre argent. Vous pouvez laisser un euro symbolique. En plus, les lots à gagner ne sont pas très originaux. Enfin, si, le premier lot est un séjour pour quatre au Futuroscope. Mais la probabilité de le remporter est moindre, dans le quartier, certaines familles ont acheté cinq billets. Et rien que dans mon cycle, on est plus de 76 élèves. Vous risquez plutôt de revenir avec une longe de porc ou un canard gras. On a un des parents de l'école qui est boucher.

Pierrot Rabbit pensa à ce qu'il ferait s'il gagnait le séjour au Futuroscope. Quatre personnes. C'était une sacrée responsabilité ; Roger et Oswald seraient partants, Roger se moquerait certainement – il pouvait se payer le Futuroscope tous les jours s'il le souhaitait – quant à Oswald, celui-ci appréciait les excursions, particulièrement quand elles étaient offertes par la maison. Il n'osa même pas imaginer la réaction de son père.

« Tu souhaites me mettre dans des machines en 3D ? Quand les poules pourront réciter l'alphabet ! »

Son père avait toujours aimé inventer des expressions, et celle-ci avait toujours été, et de loin, sa préférée.

– En fait, il me faudrait juste votre signature, pour ma mère, pour qu'elle voie que je suis capable de parler à d'autres personnes et que je ne suis pas timide, avec la vôtre, ça m'en ferait sept, et c'est un bon chiffre, vous savez que c'est celui qui ressort le plus souvent quand on demande de choisir entre 1 et 10 ? insista-t-elle.

Pierrot Rabbit eut envie de lui demander si elle savait expliquer ce phénomène bien connu des mentalistes, mais la petite fille avait déjà extirpé de son cartable, son carnet de tickets.

– Je vous jure, c'est super stressant de vivre avec elle parfois, elle pense que je suis forcément malheureuse parce que je ne ramène jamais de camarade à la maison. Mais je ne vois pas comment je pourrais me sentir seule, puisque j'ai plein de livres ! Je ne veux pas être méchante, mais à l'école, les conversations ne vont pas aussi haut que des coquelicots.

– Au travail, ce n'est pas non plus très... bredouilla Pierrot Rabbit, perdu devant les tickets de tombola et la tournure que prenait sa journée.

– Je suis sûre que vous lisez beaucoup. Vous avez la tête pour ça. Vous lisez quoi en ce moment ? demanda la petite fille en regardant *le Capital* posé sur la table du salon, où il n'avait toujours pas bougé depuis le début de l'étrange entretien.

– Une œuvre de Karl Marx, marmotta Pierrot Rabbit qui réalisa que la probabilité que la petite fille en face de lui sache de quoi il en retournait, était aussi faible que sa chance de remporter les entrées pour le parc du Futuroscope.

– Une grande œuvre, résuma-t-il, pour faire court.

– Elle parle de quoi cette « grande œuvre » ?

Ces guillemets encore.

– Je m'excuse, mais tu m'as l'air un peu trop jeune pour entrer dans la pensée éclairée et éclairante de Marx, trancha Pierrot Rabbit.

– Vous parlez de lui comme si c'était un lampadaire.

– Comment ? balbutia Pierrot Rabbit.

Il vit soudain le visage de Karl Marx posé sur un réverbère et ne put répliquer davantage.

– Et c'est bien ?

– C'est bien, c'est bien ? Comment résumer la pensée d'un si grand homme en un si petit mot ! Disons que c'est...

– En tout cas, il a l'air encore plus long que *le Seigneur des Anneaux*, affirma la petite fille en observant la tranche du livre.

– *Le Silence des agneaux*, tu veux dire ?

– Vous ne connaissez pas *le Seigneur des Anneaux* ?

Pierrot Rabbit parut confus, comme dépassé par le moteur du monde qui continuait à tourner, sans qu'on lui ait laissé de clé.

– Les Hobbits ? Frodon ? La Terre du Milieu... ça ne vous dit rien ? Mais vous venez d'une autre galaxie ? Ou alors, vous traversez une faille spatiotemporelle, ce qui pourrait expliquer cette amnésie... Sinon, c'est un signe d'Alzheimer, et franchement, il vaudrait mieux rester sur la première option, déduisit très sérieusement la petite fille.

– Je n'ai pas Alzheimer ! Et puis, tu lis trop de Science-Fiction... Je n'ai simplement pas le temps pour la littérature contemporaine !

– « Le monde a changé. Je le vois dans l'eau. Je le ressens dans la terre. Je le sens dans l'air. Beaucoup de ce qui a existé jadis est perdu. Car aucun de ceux qui vivent aujourd'hui ne s'en souviennent. »

– Qu'est-ce que tu dis ? lâcha Pierrot Rabbit, en baissant la voix.

La petite fille avait fermé les yeux et poursuivait, lèvres entrouvertes.

– « Un anneau pour les gouverner tous. Un anneau pour les trouver. Un anneau pour les amener tous et dans les ténèbres les lier. »

– Mais... c'est l'essence même du *Capital* !

– Le Seigneur des Anneaux.

La petite fille avait rouvert les yeux et souriait de toutes ses dents.

– Et... on peut les trouver où, ces anneaux ?

– Je peux vous le prêter si vous voulez… si vous me prenez un ticket de tombola. Ça sera votre carotte ! C'est drôle !
– Que trouves-tu de si drôle ?
– Vous vous appelez bien « Rabbit », non ?
– Eh bien, oui.
– Vous n'avez jamais appris l'anglais ? *Rabbit*, ça veut dire lapin, d'où la carotte... Décidément, il était temps que quelqu'un vous ramène sur notre planète. On dirait que vous avez encore plus besoin d'aide que moi.

Pierrot Rabbit plongea les mains dans les poches de son pantalon et chercha de la monnaie pour ne pas avoir à répondre. La gorge nouée, il repensa à son père qui n'avait jamais quitté son foyer et qui rêvait de rouler en van aménagé jusqu'en Écosse quand il serait à la retraite. Pour voir les Highlands et boire du vrai scotch. Il s'était même procuré la méthode Assimil pour apprendre l'anglais, certains passages avaient même été surlignés.

Malheureusement, le paternel n'avait connu de l'Écosse, que le motif de ses charentaises. Trois semaines après être parti en retraite, après plus de trente dans une aciérie, il était tombé très malade. En quatre mois, il avait succombé. Il n'avait même pas eu le temps d'éplucher des fourgons sur *Leboncoin*. C'était l'année dernière. C'était peut-être bien hier.

La petite fille s'était rapprochée de lui.
– Dites, je pourrai venir chez vous lire *le Capital* ?
– Tu veux lire *le Capital* ? À ton âge ?

– Ça a un nom, ce que vous faites, c'est de l'infantisme[8], mais pas d'inquiétude, j'ai l'habitude, les adultes aiment penser qu'ils gardent le contrôle. Alors, je pourrai revenir ?

Pierrot Rabbit se sentit comme les poules qui commencent à apprendre l'alphabet dans la langue imagée de son père.

– Tout dépend, quelle est la statistique réelle pour décrocher le Futuroscope ? fut la seule réponse qui lui vint à l'esprit, et qu'il lâcha, en regardant le bout élimé de ses propres charentaises, qu'il était grand temps de changer.

---

[8] *L'infantisme est un concept dérivé de l'anglais « childism », un phénomène reconnu depuis les années 70 aux USA, via lequel les enfants subissent « des discriminations et des préjugés en raison de leur statut d'enfant ». Concept mis en lumière notamment dans l'essai « Infantisme » de Laelia Benoit.*

Marguerite et Fanay

Par la fenêtre ouverte, force est de constater que la Marguerite semblerait avoir perdu les pétales…

C'est du moins ce que nous raconte M. Fanay, son plus proche voisin et lointain ami (ou inversement ?). La dernière fois qu'il l'aurait aperçue, la Marguerite se trouvait seule, au milieu de son salon, à gamberger devant les flammes de sa cheminée, à *flamberger*, pourrait-il dire pour accélérer le récit, car, observe M. Fanay à regret, nous en étions rendus à l'époque du pressé et de la fusée, loin du précis et de l'infusé…

Sur quoi donc flambergeait-elle ? Sur le passé, sans doute, quoi d'autre ! Sur ses années sur les planches où elle était le parangon de la célébrité, Aragon, Corneille, Barillet, elle avait tout fait, évidemment, quand on est si belle, avec de telles hanches, on vous pardonne tout, même cette affreuse pièce de théâtre sur la dinde de Noël où l'auteur avait glissé 17 occurrences du mot « mousse ». Au fond, cette jeunesse et cette beauté avaient été ses meilleures alliées, les seules, il n'irait pas jusqu'à dire cela, mais enfin, jouait-elle si bien la comédie, la Marguerite, M. Fanay ose se le demander, parce que, lorsque la beauté n'est plus, on se raccroche à des détails, ça commence par des fossettes qui n'apparaissent plus et termine par des faussetés qu'on n'avait pas vues…

Et de soupirer, ce M. Fanay et d'acquiescer, l'éternelle discussion, peut-on être et avoir été, et de renchérir, bien sûr les hommes, eux, n'ont pas droit à la même punition, parce qu'eux n'ont pas à être dans le mensonge, ils doivent être véritables – véritables comédiens, cela s'entend ! – mais assurément, si en plus de cela, ils ont le minois agréable, eh bien, soit, allons-y, où est donc mon chéquier, où est donc mon stylo ?

Mais la Marguerite, c'est sûr, c'est bien triste, plus personne ne souhaite l'effeuiller, c'est tout l'inverse d'un Magritte qui avec l'âge, prend de la valeur, hélas ici, quel malheur ! M. Fanay ne devrait pas nous le raconter, enfin, mais puisque nous sommes là... la pauvre Marguerite s'est mise à la croyance, à l'hindouisme ou au bouddhisme, du *New-Âgisme*[9] en somme, ah ça, quand on ne sait plus bien pourquoi qu'on vous a posé sur cette terre, on se tourne non plus vers les sols, mais vers les cieux, alors la voilà, la petite Marguerite, toute recroquevillée, une main sur le tapis, un pied sur le cœur, (ou inversement, c'est qu'il s'emmêle les pinceaux M. Fanay, lui aussi, a une âme d'artiste, ses tableaux n'ont jamais impressionné personne, c'est qu'il est plutôt fauviste).

Ah, s'écrie-t-il, ce n'est pas bien beau de vieillir, et encore moins de voir quelqu'un vieillir... il faut l'imaginer la Marguerite, ancienne rose consacrée, agenouillée devant les textes qu'on sacrait, tout un tas de formules védiques, à réciter comme une horloge mécanique.

Un pampre, tout droit, elle qui donnait du fil à retordre, et même des fils à remordre, vous la voyez là, tout ce corps tendu et digne, et vous ne la reconnaissez plus la Marguerite, et vous craignez pour sa vie, pour sa mort surtout, et vous l'imaginez un jour, un jour où elle veut s'encanailler à nouveau, parce qu'enfin quoi, c'était une Marguerite avant d'être ce piquet disgracieux, ce tournesol trop vieux, ce *Tournecieux*, et vous avez peur de la

---

[9] *Néologisme formé à partir du courant spirituel New Age et du phénomène de l'âgisme.*

retrouver tout entortillée comme ces vieilles vignes que l'envie de pousser rendent malignes, toute entortillée dans les câbles du bigophone, un sourire de fleur séchée sur le visage.

Et le plus grave dans toute cette histoire, il ne devrait pas nous le confesser M. Fanay, parce qu'enfin, c'est personnel, et nous ne sommes personne, du moins pas au sens du monde, le seul qui importe, mais il nous le confie quand même, car enfin, c'est tout de même de la Marguerite dont il s'agit... Le pire, c'est qu'il se dit que ce n'est pas si pire justement si la Marguerite termine ainsi, entortillée par un câble de bigophone qui ne la rappellera jamais, ni pour une pièce de Noël ou de Claudel...

Ce n'est pas si pire parce que la Marguerite qui flétrit sous vos yeux, elle vous renvoie à cette machine à fin qui vous pétrit, *clap clap,* du plus grand au plus petit ; et que, si vieillir ne rime pas avec fermeture du rideau dès qu'on naît homme, ce qu'elle vous montre la Marguerite avec son sourire de fleur coupée, *claps claps*, c'est l'ouverture du tombeau du petit Homme qu'on est.

Été

« L'été, la nuit, les bruits sont en fête » Edgar Allan Poe

Heureux qui comme Ulis

– Allons donc ! L'on rêvasse déjà ? gronda M. Lazar en se rapprochant de l'une de ses premières victimes de la journée, qui tenait devant lui un cahier, aux cases encore vierges. Des premiers aux derniers rangs, du tableau blanc interactif même à l'élève hyperactif, plus personne ne bronchait, les poumons comme vidés de leur air.

– Moi, non, je… je…

– Je… quoi ?! Et la date ? Et l'enthousiasme scolaire ? Quel est votre petit nom ?

– Ulis[10], je veux dire…

– Évidemment, murmura M. Lazar, qui tenait là un nouveau prénom à répertorier dans son carnet à liseré doré où il recensait chaque année les prénoms les plus donnés et les plus osés. Celui-ci aurait une place de choix, entre Cacharelle et Daenerys.

– Levez-vous, Ulis, que vous montriez à la face du monde et à la barbe naissante de vos camarades, ce que l'on fait aux rêveurs du radiateur ! urgea M. Lazar, la tête haute et le profil digne d'une équerre.

– Mais monsieur…

– Maître, Ulis, maître. Levez-vous maintenant, vous apprendrez bien tôt que j'abhorre le fait d'avoir à me répéter, le temps nous est compté, tic-tac tic-tac, c'est déjà, depuis le début de

---

[10] *De nombreux acronymes et sigles de l'Éducation Nationale ont été détournés de leur véritable signification pour correspondre à une contrainte d'écriture. En voici les explications : ULIS (Unités Localisées pour l'Inclusion Scolaire) / IEN (Inspecteur de l'Éducation Nationale) / CPC (Conseiller Pédagogique de Circonscription) / TD (Travaux Dirigés) / INSPE (Institut National Supérieur du Professorat et de l'Éducation)*

cette discussion, trois minutes de moins à passer sur les multiplications.

Des oreilles aguerries auraient pu à ce moment-là entendre le mouvement de la trotteuse qui poursuivait son bonhomme de chemin au milieu de l'horloge murale et de la paralysie générale.

– Les multiplications, c'est-à-dire…

– Ah ! Cette jeunesse qui trouve toujours tout à redire ! Nous tenons là un spécimen rare : un *homo égoïstus* ! Sans doute que pour quelqu'un comme Ulis, ça glisse, les multiplications ! Les chiffres roulent sur lui comme la pluie sur une feuille de ficus, bientôt, ce sera lui qui nous dictera le syllabus ! Mon cher Ulis, et les autres ? Y avez-vous songé ? À ceux qui n'y comprennent fichtrement rien ? Qui ne savent pas bien placer leur ligne entre multiplicateur, multiplicande et le produit ? Qui n'ont pas encore compris où placer le zéro ou même le point ? Que certains appellent encore un PION !!! Réalisez-vous l'ampleur de ce naufrage ? Le Titanic en 1916 à côté, c'est une partie de pétanque marseillaise ! triompha M. Lazar face à la classe, qui semblait ne plus être constituée, que de têtes baissées. Cheveux fraîchement coupés et queues de cheval, vision onirique pour tout coiffeur expérimenté.

– Il me semble que c'était en 1912…

– Et voilà que notre Ulis ajoute un item à sa liste de CPC, Choses à ne Pas Commettre, saper l'autorité ! Et dans quel but ? Pour quelle raison ? Pour me coller sur le front l'étiquette de l'IEN, l'Incontestable Expression de ma Nullité ?

– Je rectifiais simplement…

– Monsieur serait en plus de ça, un rapporteur ! Mais je vois très bien dans votre petit manège Ulis, des comme vous, croyez-en mon expérience, j'en ai côtoyé toute une écurie. Doués d'une incurie crasse, ils assistent à la classe comme ils iraient à la chasse : l'oreille distraite par le moindre mouvement. Oh, mais je peux vous garantir, Ulis, qu'avec vos grands airs, ici, vous ne passerez pas l'hiver ! Savez-vous comment ils finissent toujours, les rêveurs du radiateur ?

– En fait…

– C'était une question rhétorique, un procédé que vous ne connaissez sans doute pas, mais que je vous expliquerai, car ceci est mon rôle, de vous former ! aboya M. Lazar, en appuyant sur le dernier mot.

– À ce propos…

– La discussion est close Ulis, asseyez-vous maintenant, et faites au moins semblant de vous intéresser, écrivez la date. Poursuivons, où en étions-nous ?

Alors que Julia, première de sa classe depuis la maternelle, s'apprêtait à répondre, d'un air satisfait, Mme Grantignac, la directrice – que tout le monde appelait par son prénom Pénélope pendant les pauses-déjeuner, parce que certaines barrières tombaient – fit irruption dans la salle de cours, tout d'orange vêtue, des lunettes à pois sur un volumineux chignon de cheveux bouclés. Elle fixa tout de suite Ulis, qui s'était rassis près de son radiateur, son carnet de notes, toujours vide, étalé devant lui.

– Ah, M. Ulis ! Quelle odyssée ! On s'est manqués ce matin, je devais absolument parler au maire – Homère ! comme c'est amusant ! – d'une école voisine ! Comme souvent, cela s'est éternisé, quand il se met à parler de budget scolaire, c'est bien difficile de le couper, monsieur le maire, pas le budget, étonnamment ! Enfin, je vois que vous avez trouvé votre salle, et que vous avez rencontré M. Lazar, là est l'essentiel !

– Pardon Pénél... Mme Grantignac, mais j'avoue être confus, bafouilla l'intéressé.

– Vous n'avez donc pas lu votre boîte mail académique dimanche au soir ?

– C'est-à-dire que...

– Pardon, c'est que, avec tout ceci, je me suis mise en retard. M. Lazar, voici M. Ulis, Formateur des formateurs de formateurs, qui prendra en charge le dispositif de formation pour vos étudiants de Master 2 sur la bienveillance à l'école ! Il nous accompagnera toute la journée pour que nous puissions ensuite, en forum, enrichir les pratiques éducatives de nos futurs professeurs des écoles !

Et Mme Grantignac, repartit comme elle était venue, tel un papillon, qui n'avait aucune idée du chaos qu'elle venait de créer dans la salle de cours de l'INSPE, et cette effervescence nouvelle donnait à la promo de 2020 le sentiment d'appartenir à une multitude à la fois statique et chatouilleuse. Alors que le jeune Ulis se levait pour commencer une présentation qui ferait date, M. Lazar décida qu'il était peut-être temps de se séparer de certaines de ses habitudes, à commencer par son carnet à liseré doré.

Heureux qui comme Ulis, fit un beau voyage... au sein de l'Éducation nationale.

La Gaivota

Dans la Rua das Figueiras, les maisons somnolent comme des baigneurs après l'effort. Les passants, coups de vent de bras et de jambes dans la torpeur générale, suivent l'ombre des cafés pour voler quelques heures de fraîcheur. Joao, lui, fait des cercles avec son pied. C'est l'été depuis cinq jours.

Dans l'ancienne maison du grand-père, devenue maison de vacances, ses parents télétravaillent, alors il joue dehors.

« Ne t'éloigne pas trop, tu restes dans cette rue, c'est bien compris ? »

Joao l'a bien compris, surtout qu'au bout de la rue, c'est là qu'habite la vieille dame à la peau burinée et au chignon toujours soigné, que tout le village appelle la Gaivota[11] et qui ne sort quasiment jamais de sa maison aux volets bleus, à part pour balayer son entrée et chasser les mouettes qui viennent becqueter sous son porche.

Quand elle sort et qu'elle se met à gueuler dans sa robe bleue comme ses volets, la Gaivota fait rire les habitants du quartier, notamment Susana, la taulière du coin de la rue qui semble passer le restant de ses journées, le reste de sa vie en somme, juchée sur une chaise, sous un gros parasol Coca-Cola, dont elle n'a jamais bu une goutte – le secret de la longévité, selon ses propres mots qu'elle lance à la cantonade, avant de s'envoyer un petit fond de porto.

À Joao, elle lui fiche plutôt la frousse, la vieille dame du bout du chemin, quand elle lance des *caralho* à la tête des mouettes. Surtout que le garçon a entendu dire que la Gaivota avait les yeux qui traversent les murs et que même si vous ne la voyiez pas, elle

---

[11] *Gaivota signifie mouette en portugais.*

pouvait suivre le moindre de vos pas. Alors, il ne dépasse pas la rua das Figueiras. Même si c'est l'été et que la plage n'est pas loin.

— Tu vas attraper chaud Joao, à faire des ronds comme ça dans le soleil, pourquoi tu ne vas pas te mettre à l'intérieur, hein ? J'ai peut-être même un Mr. Freeze à la menthe qui reste pour toi.

Joao regarde Susana, puis sa montre, un joli cadran orné de ballons de foot sur la petite et la grande aiguille. Il aime beaucoup sa montre, encore plus quand elle indique midi : tous les ballons s'alignent avec celui au centre du cadran.

— Merci, Susana, mais j'attends quelqu'un.

— Eh bien, il n'aurait pas pris déjà chaud à la tête le petit pour refuser un Mr. Freeze !?

Susana n'a pas complètement tort, Joao est bien malade, mais d'une affection qui ne se soigne pas vraiment avec des médicaments, des plantes ou même une glace : l'inquiétude. Oui, car depuis le début des vacances, Joao s'est fait un nouveau compagnon : Sardinha, qu'il retrouve tous les après-midis, et qui n'est toujours pas là. Joao regarde à nouveau sa montre : le ballon sur son aiguille a continué sa course. Joao jette un œil à la poche qu'il a posée sur la murette, et se dit qu'elle ne va pas pouvoir rester longtemps comme ça sous la chaleur. Ce sont des restes du repas de la veille, que ses parents ont pris à la Cozinha Lucia, un restaurant de plage sans prétention qui grille poulet comme poisson.

Le regard scrutant l'horizon, Joao se met à fredonner un air que son père lui chantait quand il était petit et dont il ne connait que le début.

Fui bailar no meu batel
Além no mar cruel

E o mar bramindo
Diz que eu fui roubar[12]

Alors que Joao se demande s'il ne serait pas mieux à l'ombre, à manger une glace plutôt qu'à massacrer une chanson de son enfance, Sardinha se montre enfin, attiré sinon par la mélodie de son ami, du moins par sa poche, toute de sardines remplie.

« Mon Sardinha ! Tu es là mon chaton ! »

Le chaton, qui se rapproche plutôt du matou, avec son ventre noir et blanc si arrondi qu'il effleure quelques pavés sur son passage, se frotte contre les jambes du petit garçon et ronronne sous ses caresses.
« Tiens, je t'ai ramené des sardines entières cette fois-ci, je suis sûr que tu vas adorer. »

Le félin effectivement se rue sur les sardines qui disparaissent aussi vite qu'elles sont apparues, à la grande joie de Joao, qui en oublie son inquiétude, Susana et ses glaces à l'eau.

---

[12] *Je suis allée danser dans mon bateau / Au-delà de la mer cruelle / Et la mer grondante / Dit que je suis allée voler*
Traduction de la chanson portugaise Canção do Mar chantée d'abord par Amalia Rodrigues sous le titre Solidão reprise par Dulce Pontes (Elle tu l'aimes pour la version française d'Hélène Ségara)

« Où est-ce que tu es allé traîner, petit chat, pour avoir faim comme ça, hein ? »

Sardinha soudain se redresse, la tête au-dessus du sachet presque vide, les moustaches tendues, le regard fixe, et se met à courir, en direction de la maison aux volets bleus.

« Non, Sardinha, surtout pas là ! »

Joao se précipite derrière le chat, bravant l'interdiction de ses parents, et sa propre peur.
Il s'arrête devant la murette de la maison et s'accroupit pour reprendre son souffle et ne pas se faire repérer par la Gaivota. Sur le paillasson rugueux, où plus personne ne s'essuie les pieds, le chat a décidé de faire sa toilette, oublieux de la maison qui abrite, derrière ses volets bleus, la vieille femme qui fait fuir les mouettes et effraie les enfants.

« Psitt, reviens, chaton, ou tu vas finir en pâté de mouettes ! »

Joao n'est plus qu'à quelques centimètres du chat, il n'a plus qu'à tendre le bras et l'attraper.

« Ouf ! C'était moins une ! », murmure-t-il en agrippant le chat, qui ne comprend pas pourquoi on le dérange en pleine toilette, mais qui, réflexe pavlovien aussi efficace sur les chats que sur les chiens, se met aussitôt à ronronner.
Il n'y a plus qu'à partir sur la pointe des pieds, et s'éloigner de ce paillasson, de cette maison aux volets bleus, et de cette porte...
... qui s'ouvre.

Devant lui se dresse la Gaivota, le visage aussi plissé qu'une feuille de brouillon froissé.

« Que fais-tu là, morveux !
– Je… Sardinha, bredouille Joao.
Le petit garçon sent son cœur qui s'accélère, et retient avec plus de force le félin dans ses bras, un félin toujours calme et ronronnant, pourtant aux portes de l'enfer.
– Suis-moi, et toi aussi Morveux ! », ordonne la vieille dame d'un ton qui n'invite ni réponse, ni rebuffade.

Les pensées de Joao se mettent à bouillonner, comme des spaghettis dans une marmite en ébullition.
Voilà qu'il allait entrer chez la Gaivota aux yeux qui traversent les murs parce qu'il n'avait pas écouté ses parents. Et voilà que Sardinha n'allait plus pouvoir manger de sardines et que la Cozinha Lucia allait crouler sous les carcasses de poisson et que l'été était fini avant d'avoir commencé et qu'il avait encore envie de jouer à faire des ronds de pieds sur le sol et à chanter les tubes de son père.
Le chat dans les bras, Joao pénètre dans la pièce, prêt à décamper au moindre bruit suspect. À sa grande surprise, il atterrit dans un salon simple et sobre, pareil à ceux que possèdent dans son esprit, toutes les grands-mères : un mobilier sommaire recouvert de napperons de toutes tailles, une table sur laquelle trône un pot de fleurs (posé sur un napperon) et deux gros fauteuils, les assises et accoudoirs, eux aussi, cachés sous d'énormes napperons. Seuls les murs, d'un gris timide, habillés par quelques portraits en sépia, semblent épargnés par la folie du crochet. La Gaivota lui désigne un fauteuil du menton et Joao, persuadé qu'il vaut mieux coopérer,

s'exécute, tout en gardant un œil sur la porte d'entrée, et le matou noir et blanc dans les bras.

— Tu peux le lâcher, grommelle-t-elle enfin en montrant Sardinha.

Joao libère le chat qui n'attend pas son reste et s'échappe par une porte entrebâillée. Joao entrevoit une volée de marches, qui paraissent descendre vers une pièce dangereusement sombre... un sous-sol ? une cave ? des catacombes ! Joao regarde à nouveau la porte d'entrée et calcule vite. *Neuf, dix mètres, pas plus. Il lui suffirait de courir. Il faudrait d'abord qu'il récupère Sardinha...* Il frémit à l'idée de devoir descendre dans les entrailles de la maison aux volets bleus, qui prend soudain des allures de gros géant à l'appétit délirant. *Et si Sardinha était déjà...*

— Alors comme ça tu l'appelles Sardinha ?
— C'est que... il aime beaucoup les sardines... surtout celles de la Cozinha Lucia, souffle Joao pour gagner du temps, le cerveau fusant comme un kart sur un circuit.

Notre Père, qui êtes au ciel, ne me faites pas descendre dans les catacombes, je ne peux vraiment pas, je dors encore avec une veilleuse la nuit, promis, j'arrêterai, mais faites que Sardihna remonte tout de suite...

La Gaivota penche la tête en arrière, entrouvre les lèvres et se met à rire. Un rire auquel Joao craint de participer. Elle sourit à présent. Il lui manque deux dents, celles du haut, dont Joao ne parvient plus à détacher le regard.

– Ce sont mes dents que tu fixes ? demande-t-elle, le sourire envolé et les yeux, plissés.

S'il vous plaît, Seigneur, je vous promets que je viendrai plus souvent à la messe, si vous me sauvez des griffes de la Gaivota, je ferai ma prière tous les soirs, je…

– Miguel aussi, ça l'impressionnait, il les appelait les dents de la malchance, raconte la vieille dame en remontant ses manches.

Joao n'entend plus rien, les yeux figés sur les mains de la Gaivota, aux doigts longs, fins et crispés… *parfaits pour tordre le cou aux mouettes et…*

Il visualise tout à fait la cave de cette vieille dame aux dents qui tombent et aux mains qui étranglent. Et cette question qui tourne soudain dans le bocal qui lui sert de tête. *Qui est ce Miguel ?*

– C'est le grand fou qui me sert de mari, lance la vieille dame, comme pour répondre aux interrogations muettes de Joao, qui cherche toujours un moyen de déguerpir de ce guet-apens.

Mais si ce Miguel était son mari… où était-il maintenant ?
Question plus terrifiante encore.

– C'est une longue histoire, soupire la Gaivota, dont les rides semblent un peu plus se creuser.

Joao ne veut pas savoir, il voudrait pouvoir se boucher les oreilles, récupérer Sardihna, rentrer chez lui et puis se mettre à aller à l'église tous les jours s'il le faut. Tout sauf connaître la même destinée que les mouettes, et que ce Miguel.

– Il s'est envolé un jour, comme ces maudites mouettes ! ricane la vieille femme.

Joao se fige.

Pourquoi parle-t-elle de mouettes ? Aurait-elle lu dans ses pensées ? Sait-elle ce qu'il pense en ce moment ? Savoure-t-elle d'avance la peur qui l'étreint, le corps figé dans les replis du fauteuil ?

C'est fini, il ne verra plus jamais Sardinha, et ses parents ne sauront jamais que leur fils n'est pas loin, à dix mètres de chez eux, dans le sous-sol de la petite maison aux volets bleus, enseveli sous des napperons.

Paniqué, il n'entend pas d'abord les paroles de la Gaivota, qui se met à dérouler son récit, le regard se posant derrière lui, sur l'une des photographies des murs gris.

– Il était pêcheur mon Miguel, et on peut dire qu'il était doué. Jusqu'au jour où il n'a plus rien pris à ses filets. Plusieurs sorties d'affilée. Mon Miguel, il avait de l'imagination, ça oui ! Alors au début, il n'a rien dit. Il achetait du poisson à la poissonnerie d'à côté et il a fait semblant comme ça pendant une semaine. C'est la voisine qui a moufté. Elle m'a confié ça un jour de marché, elle faisait celle qui n'ose pas, mais au fond, elle jubilait. Un pêcheur qui ne sait plus pêcher ! Moi, j'avais bien remarqué que son poisson, il n'était pas pareil. Je n'ai rien dit, parce que mon Miguel, il était plein de fierté. Mais un jour ce benêt, il n'a pas pu nier, il avait laissé le ticket dans le sac ! Il est parti dans une rage folle. Il m'a dit que c'était à cause des mouettes ! Des mouettes ! Elles lui piquaient tout le poisson ! Dès que sa barque filait, elles le suivaient à la trace. Tout ce qu'il attrapait, elles le lui fauchaient !

La Gaivota s'interrompt. Joao attend, prêt à recueillir les confessions d'une meurtrière aux doigts comme des fils de fer. S'il se tait, elle l'épargnera peut-être.

– À partir de la découverte du ticket, mon Miguel, il n'a plus jamais été le même. Tous les soirs, il me parlait de ces saletés de mouettes qui lui volaient la vedette ! Il en a fait comme une obsession... Puis un mardi, il est parti en chantant. C'était bizarre pour moi, je ne l'avais jamais entendu chanter, même à la messe, il avait toujours fait semblant. C'était une vieille chanson, mais c'est qu'il la chantait plutôt bien ! J'ai failli le lui dire, mais je n'ai pas osé, parce que bon mon Miguel, en amour, c'est un taiseux, alors je le suis devenue un peu aussi. Et puis, comme il riait tellement ce jour-là, et que ça faisait longtemps que je ne l'avais pas vu en telle joie... Tu vas voir, Lola, qu'il m'a dit, je vais te ramener le plus beau poisson jamais pêché dans tout le quartier !

La Gaivota rit, un rire sec, de biscuit.

– Il n'est jamais revenu, lance-t-elle avec une pointe d'émotion.

Soudain, Joao ne craint plus de faire sortir de son esprit, les mille questions qu'il abrite : le garçon n'a plus peur de la Gaivota.

– Mais il est parti depuis quand votre Miguel ?

– Cela fait maintenant... Si je compte bien, dit-elle en détachant ses cheveux rassemblés en un haut chignon... 10 cm pour chaque année... Ça doit bien faire sept ans !

– Waouh, on dirait Rapunzel avec vos cheveux ! Vous ne les avez jamais coupés ? s'exclame Joao, émerveillé devant la longue chevelure grise qui descend jusqu'au bas du dos de la vieille dame.

– Non, je crois que je ne suis jamais allée chez le coiffeur. En fait, c'est Miguel qui s'occupait de mes cheveux, il adorait les brosser, et c'est lui qui les coupait quand il y avait besoin... Bon, comme tu vois, ils commencent à être très longs, alors, c'est plus pratique de faire un chignon.

Joao semble réfléchir.

– En tout cas, quand il va revenir votre Miguel, il va vous ramener un sacré gros poisson !

La Gaivota sourit en montrant à nouveau ses deux dents manquantes. Joao ne les trouve plus du tout effrayantes. Il pense même que ça doit être pratique pour les Mr. Freeze.

– Sans doute, petit. En attendant, je mange le poisson d'à côté. Il n'est pas aussi savoureux, mais il me rappelle mon Miguel. Morveux semble l'apprécier aussi.

– Morveux ? s'étonne Joao.

– Ton Sardinha. Une semaine après le départ de Miguel, il est apparu sur mon perron. J'ai bien cru que l'Univers me jouait des tours, j'ai toujours eu horreur des animaux. Mais il faut croire qu'il n'y a que les imbéciles qui ne changent pas d'avis !

– Alors, il est à vous…

– Ça faisait trois jours que je le cherchais ce chenapan ! Je m'inquiétais, j'ai dû l'enfermer dehors sans me rendre compte. D'habitude, il ne sort jamais de la maison, moi non plus, j'ai un peu perdu le goût... Morveux est un chat un peu spécial : il n'aime pas aller dehors, j'ai essayé pourtant de l'y habituer, mais rien à faire, je n'ai jamais vu ça ! L'été, il passe ses journées soit dans la cave, parce qu'il y fait frais, soit sur le fauteuil de Miguel ! Au début, je râlais, avec tous les poils qu'il me laissait, je devais toujours passer la brosse pour les enlever, comme mon Miguel, il est un peu maniaque ! Maintenant, c'est un peu devenu le fauteuil de Morveux... Il aime bien regarder l'émission avec moi le soir.

– C'est pour ça que vous avez mis des napperons partout dans la maison ? Pour protéger des poils de chat ?

– Ah ! Tu es amusant dans ton genre ! Non, ça, c'est... On avait nos petites habitudes avec Miguel, tu sais, il me racontait ses journées le soir pendant que je faisais mon crochet. Il me disait toujours qu'il reconnaîtrait le bruit de mes aiguilles même si son canot devait dériver à l'autre bout de la planète...

– Alors vos napperons, c'est pour le guider !? Je comprends mieux pourquoi vous avez de si longs doigts !

– C'est encore plus bête, dit à voix haute, que dans ma tête.

– C'est trop drôle parce que quand j'ai eu peur de plus jamais revoir Sardinha, j'ai commencé à chanter la chanson de la mer, et il est arrivé direct, comme s'il avait reconnu ma voix ! Ça pourrait faire pareil avec Miguel !

La Gaivota sourit, de ce sourire tronqué de ses dents et de tant d'autres choses. Un sourire lointain. De falaise.

– Dites, je pourrai venir le voir de temps en temps, Sardin... Morveux, je veux dire ? ? C'est que je m'y suis attaché, s'enquiert Joao, surpris par sa requête et son envie de revoir cette dame aux yeux qui ne traversent peut-être pas les fenêtres, mais qui lui ont transpercé le cœur.

Du haut de sa falaise de souvenirs, elle acquiesce sans un mot.

– Sardinha, ça lui va bien, et ça n'a pas l'air de beaucoup le perturber, reprend-elle en montrant le chat noir et blanc qui apparaît soudain dans la pièce, se pourléchant les babines, une arête de poisson coincé dans son pelage.

– Allez, maintenant file avant que les voisins ne croient que la Gaivota n'a fait qu'une bouchée du petit garçon d'à côté.

– Comment vous savez que...

– Les murs ont des oreilles... je sais exactement ce qu'on dit de la maison aux volets bleus !

– Et ça ne vous fait rien qu'on vous appelle la Gaivota ?

– Tu verras, à mon grand âge, on se fiche de tout ça.

– Ah bon ? Mais vous avez quel âge ? Soixante-dix ans au moins !

– Soixante-dix ans ! Ah, si seulement ! Mais tu ne veux quand même pas découvrir en une seule fois tous les secrets de la sorcière du village ? répond la Gaivota en l'accompagnant jusqu'à la porte d'entrée.

– En vrai, je sais que vous n'êtes pas une sorcière même s'il vous manque des dents et tout… Déjà, parce que vous vous appelez Lola. Ça fait pas du tout sorcière.

Joao est déjà sur le perron lorsqu'il se retourne vers la vieille dame au sourire incomplet.

– Lola, je peux vous appeler Lola, hein ?

– Si cela te fait plaisir, mais ne va pas t'amuser à l'ébruiter dans tout le village !

– Moi, je ne dirai rien, si vous me promettez de pas répéter que je m'appelle Joao.

– Je vais tenter de tenir ma promesse, Joao.

– C'est juste que… Ils sont super beaux vos napperons Lola, mais vous devriez faire comme Sardinha, et sortir un peu de votre maison. Parce que parfois dehors, on a de drôles de surprises ! Et je ne parle pas de ma poche de sardines, même si je peux vous en ramener aussi !

Et Lola se met à rire, elle rit si longtemps qu'elle ne fait pas attention aux multiples mouettes qui tiennent un congrès devant sa porte. Et, lorsqu'elle referme cette dernière, elle rit encore en prenant ses aiguilles et son crochet, les cheveux emmêlés aux fils du napperon qu'elle s'apprête à terminer, Sardinha installé sur l'ancien fauteuil de Miguel, les paroles de la dernière chanson que son mari avait entonnée le jour de son départ lui revenant en tête.

Se eu bailar no meu batel
Não vou ao mar cruel
E nem lhe digo aonde eu
Fui cantar, sorrir, bailar,
Viver, sonhar...
Contigo[13]

---

[13]

Si je danse dans mon bateau / Je ne vais pas à la mer cruelle / Ni ne lui dis où je suis allée chanter / Sourire, danser, vivre, rêver... de toi (fin de la chanson Canção do Mar)

De Vierzon au Japon

– Pst, Attila, d'ici à là, tu crois qu'il y a quoi ? Juste assez ou presque ?

– Je dirais juste assez.

– Tu crois ?

– Ou presque.

– Ce que tu es agaçant parfois !

– Que veux-tu que je te réponde Tamerlan ? Que c'est presque assez juste ?

– Tu veux toujours montrer que tu as de l'aquaculture !

– Absolument pas, il n'est même pas dans le *piscionnaire*[14], ton mot.

– Tu vois, tu recommences, tu ne peux pas t'en empêcher ! Il faut toujours que tu prennes ton « n'air » supérieur !

– Bon Tamerlan, je t'assure que cette situation me gêne autant que toi, mais si on tient le coup, je te promets qu'on va goûter à la plus grande épopée de toute notre vie !

– Quoi ! On va aller à Vierzon ???

– Ah Tamerlan le gentil, même ses rêves sont petits ! Moi, je te parle d'une véritable expédition, d'une croisade de légende ! La Chine, la Thaïlande, les Philippines… le JAPON !

---

[14] *Cette nouvelle a été écrite lors d'une consigne d'atelier d'écriture autour du poisson. Plusieurs mots ont été inventés, comme le piscionnaire, le dictionnaire des poissons, ou encore les différents surnoms donnés à Tamerlan. L'avant-dernière phrase « Xénophon rapporte qu'Alexandre pleura quand il eut achevé la conquête du monde. Tamerlan et Attila, eux, pas une larme » était aussi imposée dans la consigne.*

Attila a du glouglou et du trémolo dans la voix, en évoquant ce pays du soleil levant et du loin rêvant où il pourrait enfin retrouver les siens.

– Dis, Attila, le Japon, c'est sur la route de Vierzon ?
– On fera un détour Tamerlan, on fera un détour. Attends, je crois que cette fois-ci, on les tient !
– Tu ne trouves pas que ça sent la rhubarbe ?
– Concentre-toi, *Tamerlot,* voici nos deux billets pour le plus grand des voyages !
– Mouais, elle semble avoir la berlue…
– Elle a l'œil frais, *Tamerlue* !
– Elle semble un peu pataude…
– Elle a le coude franc Tamerlan !
– Ça sent vraiment fort la rhubarbe…
– Elle va se lancer *Tamerez* !
– J'adore la rhubarbe…
– Et d'un pour la nunuche ! Elle a réussi *Tamerluche* ! Plus que deux !
– Tu crois que ça existe les barbes à papa à la rhubarbe ?
– On s'en carre *Tamarlac* !
– Une sorte de *rhubarbapapa* ?
– Tamer…

Attila se reprend. *Carpe diem Attila carpe diem* qu'il se répète. L'heure est trop solennelle pour la (ma)querelle.

Silence.

– On tient le bon *Tamerlon* !!! Et de deux ! Plus qu'un coup et à nous le Japon !!!

– Bah, je croyais qu'on allait à Vierzon !

– *Tamerlote*, Vierzon, à côté du Japon, c'est de la gnognotte ! Mais si tu te tais une seule minute, je t'y emmènerai, si tel est ton but ! Elle se concentre, regarde… Qu'est-ce qui lui prend ? Pourquoi elle ne lance plus ? Je te le dis Tamerlan, la paresse, ça ne passera pas !

– Peut-être qu'elle a pris trop de *rhubarbapapa* ? Elle a l'air un peu lourde…

– Ce n'est pas la seule, Tamerlan, ce n'est pas la seule ! Mais elle va le lever ce coude ou… Oh, elle le lève, elle se place. Œil frais, coup franc… Allez… Tire sur le ballon bordel !

PAF ! Le troisième ballon jaune pète sous le tir de carabine.

– À nous Vierzon ! hurlent Tamerlan ainsi qu'Attila, qui sous le coup de l'émotion et de la carabine, en oublierait presque son Japon.

***

Hélas, alors que la petite-fille tendait fièrement la main pour récupérer son lot, une poche dans laquelle deux tilapias à l'étroit frétillaient de joie, l'inspecteur Furay montra son insigne au propriétaire du stand de carabines. Six jours (et un coup de fil donné par le propriétaire du stand voisin de *rhubarbapapas* depuis un bigophone) avaient suffi pour résoudre l'enquête du plus grand réseau de trafic de contrefaçons de peluches qui avait agité les gazettes de la commune et avait effrayé l'instituteur de la classe de CP (sous toutes les nageoires orange, on pouvait lire NEMEAU écrit en gros).

En moins de temps qu'il n'en faut pour faire frire des churros, le stand fut perquisitionné : ballons, baudruches, peluches, perruches, tout fut embarqué.

L'inspecteur Furay, pas peu fier de son coup, lui qui n'avait jamais arrêté personne, mis à part quelques sangliers lors d'une kermesse d'une école, se retrouva au bureau avec les deux poissons qu'il trouva, à bien les regarder, plutôt moches.

« Les temps sont durs, pour refiler de si vilains poissons dans un pochon », murmura-t-il, en pensant aux nombreux petits poissons rouges qu'il aimait gagner à la pêche aux canards dans sa prime jeunesse, et qui, passé la joie de la récompense, finissaient toujours par flotter un peu trop près du bord.

S'assurant que personne ne l'avait vu – aucun risque, son adjoint n'avait pas encore mis un seul numéro sur une grille de Sudoku qu'il essayait de comprendre, le tabac presse n'avait plus de mots mêlés – il emporta la poche dans les cabinets du poste, où des mois de lutte sans merci avaient finalement payé, ils les avaient eues, leurs toilettes japonaises !

Furay ouvrit la poche, lâcha les deux tilapias au fond de la cuvette. Il dut ressentir un brin d'humanité ou de culpabilité, la limite est parfois fine : il leur souhaita un bon voyage.

Xénophon rapporte qu'Alexandre pleura quand il eut achevé la conquête du monde. Tamerlan et Attila, eux, pas une larme.

La leur, de conquête, n'avait jamais pu commencer. Vierzon, ils ne verraient jamais.

Trouver sa voix

Léon n'avait jamais trouvé sa voix. Des bêlements barbares du début, aux barbarismes de prépubère sans oublier les borborygmes de bambin timide, il avait accumulé les trémolos sans jamais réussir à accorder ses tralalas. Pourtant, ce n'était pas faute d'avoir essayé de remédier à ce dévoiement de cordes vocales dont, selon les dires, un simple crissement vous dégommait la roue de son pneu – certains l'avaient vu de leurs propres yeux. Léon pourtant s'était montré de bonne volonté, mais à vouloir faire dans l'originalité, il n'y avait plus vraiment de tonalité.

À l'enfance, on l'avait bassiné avec la méthode en trois opérations : EX-PI-RA-TION, PHO-NA-TION, AR-TI-CU-LA-TION ! Il avait tellement accumulé de rendez-vous chez l'orthophoniste, qu'il aurait pu bénéficier d'une carte de fidélité et d'un fauteuil particulier. Il connaissait toutes les secrétaires, d'Annie à Marie-Brigitte, qui lui offraient en cachette des sucettes, pour qu'il les engloutisse au plus vite. Léon les trouvait fort aimables, elles espéraient juste qu'il se taise. Ces dames avaient un faible pour Patrick Bruel qu'il leur fallait en tout temps préserver. D'ailleurs, grâce à ces expéditions à répétition, Léon savait tout son répertoire sur le bout des doigts, notamment la chanson « Casser la voix », cela va de soi.

À l'adolescence, on lui avait asséné ACTION RÉACTION. Sa professeure de français, Mme Lampion, qui récitait aussi bien les Choristes que Verlaine, s'était bercée de chimères en pensant pouvoir les lui tirer du nez, les vers, à ce cher Léon.

Malheureusement, tristesse, terreur, spleen, la poésie n'avait pas sauvé Léon : il avait coulé le bateau ivre et avait continué à canarder tous les poèmes saturniens. Mme Lampion avait failli quitter le pupitre, encore un échec qu'elle s'attribuerait et se trimballerait jusqu'à la retraite, un vide de plus sur le mur des contemplations, une croix de plus à cocher sur son tableau des regrets.

À l'âge adulte, seule sa mère avait encore eu de l'espoir, lui concoctant des potions originales et certainement peu légales, sorties d'un livre écrit en grec ancien qu'elle appelait son grimoire. Pour lui faire plaisir, Léon en avait bu beaucoup, de ses élixirs : thym, miel, romarin, patte de grenouille, tous ses efforts étaient restés bredouilles, le pauvre gamin enfin devenu grand, avait continué à croasser comme un corbeau, de ceux que l'on rêverait d'avoir chez soi, empaillés sur un manteau de cheminée.

Depuis, il errait dans sa vie, sa solitude en baluchon, car hélas, même s'il avait des yeux doux, à révéler ce que le corps tait, dès lors qu'il se mettait à parler, les réactions ne tardaient jamais : tout le monde se carapatait, ou crapahutait, selon que l'âge de l'audience sentimentale était plus ou moins avancé.

Un jour qu'il se retournait après avoir observé la hauteur du pont Mirabeau d'un peu trop près, une jeune femme lui fit du rentre-dedans, littéralement. Le cou tordu sur son téléphone, celle-ci avait foncé manteau fermé et tête baissée, sur Léon.

On ne sut jamais bien ce qu'il lui prit, le vertige du pont, les vestiges d'un aplomb, voilà Léon qui s'égosille et qui déverse sa bile. Tout y passe. Ses orthophonistes, Patrick Bruel, Mme Lampion, les potions, le corbeau qu'on empaille.

– Ça par exemple ! Votre voix !
– Oui, je sais ce que vous allez me dire ! Elle n'est ni grave, ni aiguë, elle monte dans les graves autant que dans les aigus, elle écorche les tympans de tous ceux qui l'entendent et...
– Mais c'est extraordinaire ! C'est exactement ce que je recherche depuis des mois ! Cette singularité, cet affreux son, ce grinçant débit...

La jeune femme s'arrêta aussitôt.
– Ne me dites pas que vous travaillez, avec une voix pareille !
– À vrai dire, je suis au chôma...
– Vous ne l'êtes plus, vous voilà embauché ! Il va falloir entretenir cette voix, appelez-la comme vous le souhaitez, de coquelet ou de coquecigrue, vous allez me la bichonner !

Avant qu'il puisse réagir, *allait-il devoir faire le coq ou bien la grue*, elle avait repris son téléphone et hurlait à présent dans le combiné dans une tambouille de français à la crème anglaise.

« Cooper ! *It's unbelievable* ! Tu ne devineras jamais ! Je l'ai trouvé !!! Notre Grumo, je l'ai ! Il sera parfait pour le dessin animé ! *Amazing ! I knooow !*[15] »

Et c'est ainsi que pour la première fois de sa vie, Léon en perdit sa voix, avec un x et qu'il trouva sa voie, avec un e, lorsqu'il mit les pieds dans l'animation, dans la peau de Grumo. De maigrelet coquelet, il passa à coqueluche du cinéma, incarnant de nombreux

---

[15] *Traduction de l'anglais : C'est incroyable / Incroyable, je sais !*

rôles, sorciers, sourciers, boursiers, peu importait, à chaque nouvelle sortie, il créait l'hystérie chez les grands comme les petits.

Mais c'est surtout quand il tint dix-huit mois plus tard le premier rôle et le haut du pavé dans Poppy, une comédie musicale soldée à guichet fermé, que sa carrière entra dans une autre dimension. Il garda le titre de la comédie musicale comme nom de scène et ne voulut plus jamais le quitter : le phénomène Poppy était né. Car, tel un coquelicot dans les champs, dans le chant, il se déploya.

Oui, le coquelicot est une fleur qui peut mettre un peu de temps avant de s'élever contre les vents. Mais il ne faut pas oublier que le coquelicot, sous ses atours fragiles, possède la puissance d'un conquérant.

Renouveau

– Toi non plus, Perceneige, tu ne peux plus dormir ?
– Non, j'ai essayé de fermer l'œil, puis les deux, rien à faire...
– À cette heure-ci, quel toupet, ça devrait être interdit, non ?!
– Elle est incroyable la lune, tu ne trouves pas, Campbell ? D'ici, on a l'impression que ce n'est pas tout à fait la même. Un peu comme nous, on est là, mais ce n'est pas vraiment nous.
– Peut-être bien, mais il n'empêche que je dormais, moi. Dis, maintenant qu'on est réveillés, tu ne m'as jamais raconté pourquoi on t'appelait Perceneige ?
– C'est une longue histoire...
– Vu la tronche de la lune, on est partis pour *une belle lunette* avant de voir le soleil et le camion des poubelles... En plus, moi, je t'ai déjà partagé la mienne.
– Campbell, excuse-moi, mais il n'y a jamais eu aucun mystère pour ton blase, tout le quartier est au courant pour ton père bouilleur de cru clandestin.
– Si ce n'est pas *l'hôpital qui se moque des bénitiers*, ça ! s'esclaffa de bon cœur Campbell.
– Quand le brave ne rira plus pour cacher ses larmes, le courageux aura déposé les armes.
– Tu as sans doute raison, mais comme on dit chez moi, *Après la pluie, la gadoue...* Enfin, tu as vu ce qui est arrivé à Luciole ?
– Luciole ? Le petit qui éteint tous les interrupteurs ?
– Le même, tout juste. Regarde la porte-fenêtre.
– Je ne vois rien, Campbell.
– Envolé !
– Qu'est-ce que tu dis ?

– Plus de Luciole ! Pouf ! Disparu !

– C'est un éteigneur de feu, c'est normal qu'il ne soit pas là. La nuit, il chasse ses interrupteurs.

– Non, Périf l'a vu apparemment.

– Parce que tu fais confiance à Périf maintenant ? Même après votre discorde ? Je croyais que tu ne voulais plus lui adresser la parole.

– Tout ce que je sais, c'est que Périf a vu Luciole disparaître sous ses yeux vus, et que sous nos yeux à nous, bah, il n'y a pas de Luciole non plus !

– Allons bon, personne ne ferait de mal à une luciole. C'est un gamin, en plus...

– Mais tu ne comprends donc pas, Luciole aurait essayé de l'éteindre !

– De quoi donc parles-tu ?

– D'ELLE !

Perceneige suivit le regard de Campbell.

– Elle ? Sacré Luciole... Toujours plus chaud, toujours plus loin... Et tout ça, évidemment, c'est Périf qui te l'a raconté ?

– Je sais ce que tu vas me dire...

– Écoute, ce n'est pas que je ne fais pas confiance à Périf, mais parfois, son GPS interne n'est pas vraiment synchronisé, et la dernière fois, rappelle-toi...

– Oui, il m'a *mené en moto*. Je sais. Mais il avait bu du whisky ce soir-là, ça ne lui réussit jamais.

– Ça ne réussit à personne Campbell.

– Il était triste.

– Comme la moitié de la planète, qu'on soit sous la lune, ou sous le soleil, l'ivresse n'est qu'une nuance de la tristesse.

– Je crois que je te préfère le jour, Perceneige, t'es moins morose…

– Pardon, Campbell, je fais une très mauvaise compagnie. La nuit, tous les loups sont gris, tu sais bien. Attends… J'ai l'impression qu'ils se sont arrêtés !

– Oui, tu as raison Perceneige, on ne les entend plus ! Ils se sont tus !

– On ferait peut-être mieux d'essayer d'en profiter pour voler encore quelques heures de sommeil. La journée qui vient risque d'être longue.

Silence.

– Perceneige, c'est pas plutôt les chats qui sont gris la nuit ?

Perceneige ne put s'empêcher de sourire, à l'idée que Campbell, habitué à tordre les expressions de la langue française depuis qu'il le connaissait, le reprenne. La lune enfantait de drôles de surprises.

– Oui, Campbell, normalement, ce sont les « chats » mais pour eux, je crois qu'on s'apparente plus à des loups : on doit leur faire peur, et puis on est solitaires.

– On n'est pas solitaires, en tout cas, pas toi, puisque tu m'as moi, Perceneige !

– Certes, mais avec tes cheveux qui ne savent plus ce que c'est qu'un peigne, tu fais bien peur !

Et c'est sous la lune, le rire de Campbell résonnant encore à ses oreilles, que Perceneige se retourna vers la flamme olympique qui scintillait, loin très loin de leur campement de fortune de cartons et de sacs de couchage, et qu'il remercia en son for intérieur.

Je te suis vraiment reconnaissant, car je sais maintenant où regarder pour répondre à l'inévitable question :

« Seigneur, ça va encore durer longtemps ? »

Au réveil, les bulldozers du chantier reprendraient leur balai mécanique, et Perceneige et Campbell leur propre route en direction du périphérique. D'autres lucioles et d'autres feux. D'autres ponts et d'autres cieux.

Un jour, Perceneige raconterait à Campbell pourquoi ses parents au pays l'avaient surnommé ainsi avant de le laisser s'enfuir. Perceneige, dans la symbolique des fleurs, signifiait renouveau.

Il n'y a plus de saison !

« Les saisons, ça ne se discute pas » Raymond Queneau

La saveur des tomates qui viennent du jardin

Ma petite Poppy,

Tu vas faire aujourd'hui dix-huit ans, et je suis si heureuse d'avoir encore à peu près ma tête pour pouvoir t'écrire ces mots en ce jour si particulier. J'imagine la moue que tu vas faire quand tu liras cette lettre... Tu m'as toujours fait rire, depuis le premier jour où je t'ai vue, tu étais toute fripée, comme moi aujourd'hui remarque, mais chez les nourrissons, on trouve ça bien plus mignon. Tu avais tellement de cheveux sur la tête, je ne pensais pas que cela était possible ! J'ai tout de suite pensé que tu serais spéciale, et je ne crois pas m'être trompée. Si tu étais à mes côtés, tu rétorquerais sans doute que c'est normal que je dise ça, puisque je suis ta Mamita...

Cela va peut-être t'étonner, mais non, on n'est pas obligé de trouver que ses enfants sont exceptionnels, ce n'est pas très populaire de le dire certainement, surtout de nos jours où tous les parents croient avoir pondu le dernier Elon Musk, mais s'il y a bien un avantage à avancer en âge, c'est qu'on peut enfin s'exprimer, sans prendre de pincettes, ni beaucoup de risque ! Je ne suis plus très loin de mon dernier voyage, et s'il te plaît, ne lève pas les yeux au ciel, j'ai soixante-quatorze ans, ma petite Lisa, ce n'est pas très vieux, mais je ne me fais pas d'illusion, j'ai l'impression que mes poumons rétrécissent à l'intérieur, comme une chambre à air toute dégonflée, et m'est avis que le Tour de France, ça ne sera pas pour moi cette année.

On parle toujours d'instinct maternel, mais je crois que c'est bien plus compliqué que ça, et que c'est une évocation pseudo biologique très pratique pour justifier l'incompétence des pères. Bien sûr, certains s'en sortent mieux que d'autres dans la parentalité, tu me connais, j'aime à exagérer, surtout que ton propre père a excellé dans son rôle, s'il est possible de mesurer l'excellence dans le domaine, ce qui reste à prouver. Et avec ton papi, je n'ai pas eu à me plaindre, il s'est très bien occupé de ta mère et de ton oncle. Il me manque, cet imbécile, je ne sais pas si c'est l'âge qui passe tout à la loupe grossissante, mais quand je suis sur le banc sur lequel il aimait regarder ses tomates pousser, je pense beaucoup à lui, à nous, et je ne sais plus si c'est le jus des tomates, ou si ce sont mes larmes qui coulent. Il n'a pas eu une vie facile, je crois, d'être tombé amoureux de moi.

Bien sûr, ce n'était pas un fait exprès, mais à la naissance de ton oncle, ta maman avait déjà trois ans, je suis tombée très malade. Ma première grossesse n'avait pas été commode, mais cette deuxième s'est avérée très compliquée pendant et surtout après. Maintenant, on parlerait sans doute de dépression post-partum, mais à l'époque, ce n'était pas un sujet que l'on abordait vraiment, comme si la maternité semblait naturelle, fluide, telle une crème liquide qu'on mettrait dans un plat en sauce, un non-sujet. Je passais mes journées du lit au canapé, à culpabiliser, à en vouloir à ton pauvre papi de m'avoir mise dans cet état, à mes enfants de ne pas les supporter, de ne pas arriver à les aimer. Je ne pouvais pas me confier à ma famille – quel monstre ferais-je ? – et mes amies louaient tant leur propre maternité que leurs discours m'écœuraient. Je me demandais pourquoi moi, je n'y arrivais pas ? Puis ton grand-père a saisi une opportunité à son travail, on a déménagé près de la mer, il pensait que ça allait m'aider. L'air marin n'y a pas changé grand-chose au début. Comme certains apprennent la natation, moi, je prenais des cours d'affection. La mer pour se sentir mère. Cela a été un long processus, douloureux, pour trouver mon chemin jusqu'à eux.

Si je te confie ceci, c'est pour que tu comprennes aussi pourquoi ta mère peut te sembler dure parfois avec moi. Et si le temps m'a soignée, il reste encore quelques fêlures entre nous, mais avec ta maman, nous sommes comme le Kintsugi, l'art japonais que tu affectionnes tant : une tasse recollée avec des paillettes d'or. Nous tenons bon sur notre étagère familiale.

Avec toi et tes sœurs, ça a été si différent. Je n'ai pas eu à apprendre, je vous ai aimées tout de suite. C'était comme une bouffée qu'on ne contrôle pas, une ménopause, mais de l'amour ! J'ai vécu à travers vous, les moments manqués avec ta propre mère et ton oncle, vos premiers pas, vos premiers mots, vos premières fois, vos premiers émois.

Je ne crois pas en Dieu, ça m'a toujours déroutée de devoir choisir pour qui prier, mais je remercie souvent le ciel de ne pas avoir l'Alzheimer. Je pourrais tout supporter, mes poumons qui rétrécissent, mes articulations qui faiblissent, mais l'Alzheimer, et risquer d'oublier ? Jamais ! Me passer de ton rire quand tu me gagnais à la bataille corse ? Oublier nos discussions, chaque jour une nouvelle passion, un jour le crochet (vite passée), un autre les billets (ta collection se trouve toujours dans mon grenier), la trompette (il était temps que tu arrêtes) ! Oublier ton esprit vif qui virevolte au vent, les cheveux remplis de marguerites, les joues rouge tempête quand on te tient tête ? Oui, tu ne savais pas ta Mamita si mélancolique, que veux-tu, avec l'âge, même les cœurs en caillou deviennent plus mous. Parfois, je souris toute seule quand je suis sur le port, les passants doivent me prendre pour une vieille Mime au chômage, mais ce sont eux les sots, qui ne t'ont jamais vue sautiller autour de ce chien de la SPA que tu avais voulu appeler Coquecigrue parce que tu aimais la sonorité du mot, et que vous aviez finalement nommé Nathan. Ce sont eux les ignorants, qui n'ont jamais vu les spectacles que tu offrais, sorcière à Halloween, un corbeau en papier mâché sur les épaules, lutin à Noël dans un pull trop grand pour toi.

Ma Poppy, tu as cet âge où tout semble possible, et tu t'apprêtes à explorer le monde, le passeport vide et la curiosité avide. Je ne m'inquiète pas pour toi, c'est plutôt le monde qui doit trembler, toi qui, sous tes atours de clown, as toujours su ce que tu voulais. Je me souviens comme si c'était hier, du jour où tu as refusé de manger du veau, parce qu'il s'agissait d'Ulysse, le veau de la ferme voisine... On n'a jamais beaucoup voyagé avec ton grand-père, je crois que j'aurais bien aimé connaître les yeux rivés aux fenêtres des autobus et aux hublots d'un Airbus. C'était une autre époque sans doute, qui peut bien dire comment aurait été sa vie si on en avait emprunté d'autres routes ?

Ainsi, j'aimerais te demander un service. Non, Poppy, je ne vais pas te supplier de m'emmener avec toi dans tes valises, ça, c'est bon pour les films et les quotas vieillesse dans l'industrie du cinéma... Et puis, qui s'occuperait de mes tomates ? Certainement pas ta mère, elle n'a jamais eu la main verte, toutes les plantes qui passent sa porte ont une espérance de vie réduite aussitôt de 95 %. Tu te rappelles les lettres que tu envoyais à la petite souris ? Est-ce qu'une fois de l'autre côté de l'Atlantique, tu pourrais m'écrire de temps à autre ? Ta mère s'est moquée de moi, elle me dit que les jeunes n'écrivent plus de nos jours, et qu'il me faudrait plutôt ouvrir un compte Facebook... Imagines-tu ta Mamita sur les réseaux sociaux ? Il y a déjà bien assez de bêtises qui circulent, pour ne pas rajouter celles d'une mamie qui passé soixante-dix ans, aurait piqué sa crise...

Je ne sais pas si c'est beaucoup te demander ; sans doute que, dans ta nouvelle vie à l'américaine, tu auras bien d'autres chats à fouetter (quelle affreuse expression !) mais pour ton anniversaire, je souhaiterais t'offrir le stylo-plume de ton grand-père, avec ses initiales gravées et son étui. Ne fronce pas les sourcils, ton papi écrivait beaucoup quand il était jeune, j'ai même gardé toutes ses lettres, il n'était pas le plus bavard, mais quand il écrivait, rien ne dépassait du buvard. Un jour peut-être, je te ferai découvrir ses lignes et sa manière bien à lui de goûter aux petites joies de la vie, même les mouettes ont eu droit à leur poème en alexandrins. Imagine, en alexandrins !! J'ai gardé farouchement ce stylo dans ma coiffeuse, comme pour toujours avoir un peu de lui auprès de moi, je n'ai jamais osé gratter le papier avec, mais j'aimais à pouvoir le tenir entre mes doigts. Je sens qu'il est temps de le faire sortir de son tiroir, et de le faire voyager, à ce stylo-plume... je crois que ton papi serait fier que tu lui fasses raconter les murmures du monde et les histoires enfermées sous la lune ronde.

Je te laisse, je dois aller faire mes conserves de tomates ! Je sais, on dirait une marmotte qui radote avec ses tomates, mais quand je pense à celles qu'on nous vend dans les supermarchés, ça me révolte, elles n'auront jamais la saveur des tomates qui viennent du jardin ! Ça pourrait faire un excellent titre de roman ça, non ?

Ta Mamita, qui attendra les lettres de sa Poppy en Amérique, et qui se mettra sur Facebook (si celle-ci ne lui écrit pas).

Remerciements

Comme le mythe du "se faire tout seul" est légèrement galvaudé, ce recueil n'aurait jamais vu le jour sans…

Les compagnons et compagnes d'écriture sur la toile, avec leurs consignes, leurs contraintes inspirantes, qui ont déclenché un texte, un angle, un sujet et qui ont permis à cet ensemble de nouvelles de posséder une base à structurer, ciseler, polir. Je pense notamment à Pascal Perrat, du site d'Entre 2 Lettres, qui est une source d'inspiration grâce à ses consignes truffées de jeux de mots. Tendre pensée pour tous les collègues de ce fabuleux Agenda Ironique (*big up* en particulier à MijoRoy et Audrey).

Ma joyeuse cavalière Jean-Jacques, qui malgré un rythme de vie chamboulé, a toujours trouvé du temps pour me relire, me glisser des mots qui encouragent et qui redonnent confiance pour ne pas envoyer l'ordinateur valser au fin fond de l'étang.

Ma chère amie épistolaire (et bien plus !) Manon, qui a eu la patience d'écouter des millions d'heures de vocaux, et qui a su trouver le temps et les mots durant son incroyable projet de rénovation pour me faire des retours à chaud sur des textes envoyés dans des mails à l'emporte-pièce à des heures incongrues.

Ma fidèle comparse des marchés artisanaux et des idées créatrices, Pauline, qui a dû participer de moitié à l'élargissement de mon lectorat en offrant à tout son entourage mes ouvrages (si tu reviens d'Équateur, tu as un métier qui t'attend dans mon service de « com' »).

Mon inimitable Perrine, qui m'a écoutée en Visio, quelques samedis, à 9 h du matin, en pyjama et mal coiffées (toutes les deux), déblatérer sur mes fichues nouvelles, et qui m'a aussi inspirée par son talent d'illustratrice (oui, oui).

Ma pétillante Charlène, qui croit en mes textes, qui depuis peu, fait vivre sous son coup de crayon facétieux, grâce à Béa, mes personnages coincés sur le papier et qui s'apprête à vivre une belle aventure aussi.

Ma bidonnante Karine, aussi douée pour rapper du Slim Shady que pour faire des remarques pertinentes, justes et précieuses, avec des imitations parfois complètement foireuses, malgré un agenda ultra serré et tant à gérer de son côté (*girl power forever*).

Je n'aurais jamais cru avoir à la remercier, mais merci à la coupe de l'Euro 2024, qui m'aura permis d'écrire de nombreuses soirées, quand mon compagnon, ayant perdu la foi de regarder le foot, aura pourtant regardé quelques matchs, avec toujours d'excellentes raisons et excuses.

Bien sûr, merci à ce même compagnon qui traverse les années, qui brave mes envies lunaires et mes tempêtes solaires et qui est toujours là, mât tranquille qui permet à mon bateau de ne pas couler et avec qui je referai le tour du monde encore mille fois de plus. Sans aucune hésitation ni système de navigation, *Babe*.

Enfin, je ne peux citer tout le monde, les remerciements ne sont pas censés être plus longs que le recueil, mais grand merci à vous, fidèles ami.es, qui supportez mes errances et plans de dernière minute, et qui composez avec ma phobie téléphonique. Loin ou non, vous êtes toujours près de moi, dans ma tête et dans mon cœur de caillou (tout mou). J'ai de la chance d'avoir croisé vos routes et vos rires sur mes différents chemins, un jour, j'écrirai sur l'amitié, c'est tellement sous-coté.

Merci à ma chère famille et belle-famille, qui suit avec ferveur mes péripéties littéraires, à celles et ceux qui croient qu'un jour, je serai une véritable autrice, et qui partagent des mots tout doux sur les interfaces d'une autre ère, les blogs et ce dinosaure de Facebook.

Merci à mon chat, qui gueule le matin au réveil, comme pour me rappeler que j'ai encore beaucoup de papier à gratter, et qui a toujours autant de succès sur la toile, sans avoir besoin de lever la patte.

J'ai aussi envie de remercier la musique de November Ultra et de José Gonzalez, qui a bercé bon nombre de mes sessions d'écriture, mais je ne sais pas si ça se fait.

Et bien sûr, merci à vous, lecteurs et lectrices que je ne connais pas encore, et qui ont ouvert et découvert ce recueil. Si vous avez apprécié ce recueil, n'hésitez pas à le dire sur la plateforme de votre choix, votre avis est précieux pour que ces textes s'envolent vers d'autres lecteurs et lectrices.

Retrouvez mes futures nouvelles et publications sur https://entreleslignes.blog

Automne	13
La sagesse des dents qui tombent	15
Bille de clown	19
Mauvais esprit	23
Reine de cœur	31
Piège de collection	35
Hiver	39
Télé crochet	41
Les trois corbeaux	45
Le cimetière aux animaux	53
Étoile de Mère	61
L'os de Noël	67
Printemps	75
Calme avant les tempêtes	77
La tête de veau	81
Le chant des coquecigrues	87
Le bout des charentaises	89

Marguerite et Fanay 99

Été 103

Heureux qui comme Ulis 105

La Gaivota 109

De Vierzon au Japon 123

Trouver sa voix 127

Renouveau 131

Il n'y a plus de saison ! 135

La saveur des tomates qui viennent du jardin 137